Taschenbuch – Literatur - Klassiker

Band 67
Theodor Storm
Die Regentrude

Theodor Storm

Die Regentrude

Am Kamin

Band 67
1.Auflage
Taschenbuch – Literatur - Klassiker
Herausgeber Frank Weber, Marburg
Bibliografische Information der Deutschen Nationalbibliothek:
Die Deutsche Nationalbibliothek verzeichnet diese Publikation in der Deutschen
Nationalbibliografie; detaillierte bibliografische Daten sind im Internet abrufbar über
http://dnb.dnb.de
© 2020 Theodor Storm
ISBN: 9783751922067
Herstellung und Verlag: BoD – Books on Demand, Norderstedt

Inhalt

Theodor Storm

Die Regentrude

Einen so heißen Sommer, wie nun vor hundert Jahren, hat es seitdem nicht wieder gegeben. Kein Grün fast war zu sehen; zahmes und wildes Getier lag verschmachtet auf den Feldern.

Es war an einem Vormittag. Die Dorfstraßen standen leer; was nur konnte, war ins Innerste der Häuser geflüchtet; selbst die Dorfkläffer hatten sich verkrochen. Nur der dicke Wiesenbauer stand breitspurig in der Torfahrt seines stattlichen Hauses und rauchte im Schweiße seines Angesichts aus seinem großen Meerschaumkopfe. Dabei schaute er schmunzelnd einem mächtigen Fuder Heu entgegen, das eben von seinen Knechten auf die Diele gefahren wurde. – Er hatte vor Jahren eine bedeutende Fläche sumpfigen Wiesenlandes um geringen Preis erworben, und die letzten dürren Jahre, welche auf den Feldern seiner Nachbarn das Gras versengten, hatten ihm die Scheuern mit duftendem Heu und den Kasten mit blanken Krontalern gefüllt.

So stand er auch jetzt und rechnete, was bei den immer steigenden Preisen der Überschuß der Ernte für ihn einbringen könne. »Sie kriegen alle nichts«, murmelte er, indem er die Augen mit der Hand beschattete und zwischen den Nachbarsgehöften hindurch in die flimmernde Ferne schaute; »es gibt gar keinen Regen mehr in der Welt.« Dann ging er an den Wagen, der eben abgeladen wurde; er zupfte eine Handvoll Heu heraus, führte es an seine breite Nase und lächelte so verschmitzt, als wenn er aus dem kräftigen Duft noch einige Krontaler mehr herausriechen könne.

In demselben Augenblicke war eine etwa funfzigjährige Frau ins Haus getreten. Sie sah blaß und leidend aus, und bei dem schwarzseidenen Tuche, das sie um den Hals gesteckt trug, trat der bekümmerte Ausdruck ihres Gesichtes nur noch mehr hervor. »Guten Tag, Nachbar«, sagte sie, indem sie dem Wiesenbauer die Hand reichte, »ist das eine Glut; die Haare brennen einem auf dem Kopfe!«

»Laß brennen, Mutter Stine, laß brennen«, erwiderte er, »seht nur das Fuder Heu an! Mir kann's nicht zu schlimm werden!«

»Ja, ja, Wiesenbauer, Ihr könnt schon lachen; aber was soll aus uns andern werden, wenn das so fortgeht!«

Der Bauer drückte mit dem Daumen die Asche in seinen Pfeifenkopf und stieß ein paar mächtige Dampfwolken in die Luft. »Seht Ihr«, sagte er, »das kommt von der Überklugheit. Ich hab's ihm immer gesagt; aber Euer Seliger hat's alleweg besser verstehen wollen. Warum mußte er all sein Tiefland vertauschen! Nun sitzt Ihr da mit den hohen Feldern, wo Eure Saat verdorrt und Euer Vieh verschmachtet.«

Die Frau seufzte.

Der dicke Mann wurde plötzlich herablassend. »Aber, Mutter Stine«, sagte er, »ich merke schon, Ihr seid nicht von ungefähr hiehergekommen; schießt nur immer los, was Ihr auf dem Herzen habt!«

Die Witwe blickte zu Boden. »Ihr wißt wohl«, sagte sie, »die funfzig Taler, die Ihr mir geliehen, ich soll sie auf Johanni zurückzahlen, und der Termin ist vor der Tür.«

Der Bauer legte seine fleischige Hand auf ihre Schulter. »Nun macht Euch keine Sorge, Frau! Ich brauche das Geld nicht; ich bin nicht der Mann, der aus der Hand in den Mund lebt. Ihr könnt mir Eure Grundstücke dafür zum Pfande einsetzen; sie sind zwar nicht von den besten, aber mir sollen sie diesmal gut genug sein. Auf den Sonnabend könnt Ihr mit mir zum Gerichtshalter fahren.«

Die bekümmerte Frau atmete auf. »Es macht zwar wieder Kosten«, sagte sie, »aber ich danke Euch doch dafür.«

Der Wiesenbauer hatte seine kleinen klugen Augen nicht von ihr gelassen. »Und«, fuhr er fort, »weil wir hier einmal beisammen sind, so will ich Euch auch sagen, der Andrees, Euer Junge, geht nach meiner Tochter!«

»Du lieber Gott, Nachbar, die Kinder sind ja miteinander aufgewachsen!«

»Das mag sein, Frau; wenn aber der Bursche meint, er könne sich hier in die volle Wirtschaft einfreien, so hat er seine Rechnung ohne mich gemacht!«

Die schwache Frau richtete sich ein wenig auf und sah ihn mit fast zürnenden Augen an. »Was habt Ihr denn an meinem Andrees auszusetzen?« fragte sie.

»Ich an Eurem Andrees, Frau Stine? – Auf der Welt gar nichts! Aber« – und er strich sich mit der Hand über die silbernen Knöpfe seiner roten Weste – »meine Tochter ist eben meine Tochter, und des Wiesenbauers Tochter kann es besser belaufen.«

»Trotzt nicht zu sehr, Wiesenbauer«, sagte die Frau milde, »ehe die heißen Jahre kamen –!«

»Aber sie sind gekommen und sind noch immer da, und auch für dies Jahr ist keine Aussicht, daß Ihr eine Ernte in die Scheuer bekommt. Und so geht's mit Eurer Wirtschaft immer weiter rückwärts.«

Die Frau war in tiefes Sinnen versunken; sie schien die letzten Worte kaum gehört zu haben. »Ja«, sagte sie, »Ihr mögt leider recht behalten, die Regentrude muß eingeschlafen sein; aber – sie kann geweckt werden!«

»Die Regentrude?« wiederholte der Bauer hart. »Glaubt Ihr auch an das Gefasel?«

»Kein Gefasel, Nachbar!« erwiderte sie geheimnisvoll. »Meine Urahne, da sie jung gewesen, hat sie selber einmal aufgeweckt. Sie wußte auch das Sprüchlein noch und hat es mir öfters vorgesagt; aber ich habe es seither längst vergessen.«

Der dicke Mann lachte, daß ihm die silbernen Knöpfe auf seinem Bauche tanzten. »Nun, Mutter Stine, so setzt Euch hin und besinnt Euch auf Euer Sprüchlein. Ich verlasse mich auf mein Wetterglas, und das steht seit acht Wochen auf beständig Schön!«

»Das Wetterglas ist ein totes Ding, Nachbar; das kann doch nicht das Wetter machen!«

»Und Eure Regentrude ist ein Spukeding, ein Hirngespinst, ein Garnichts!«

»Nun, Wiesenbauer«, sagte die Frau schüchtern, »Ihr seid einmal einer von den Neugläubigen!«

Aber der Mann wurde immer eifriger. »Neu- oder altgläubig!« rief er, »geht hin und sucht Eure Regenfrau und sprecht Euer Sprüchlein, wenn Ihr's noch beisammenkriegt!

Und wenn Ihr binnen heut und vierundzwanzig Stunden Regen schafft, dann –!« Er hielt inne und paffte ein paar dicke Rauchwolken vor sich hin.

»Was dann, Nachbar?« fragte die Frau.

»Dann – – dann – zum Teufel, ja, dann soll Euer Andrees meine Maren freien!«

In diesem Augenblick öffnete sich die Tür des Wohnzimmers, und ein schönes schlankes Mädchen mit rehbraunen Augen trat zu ihnen auf die Durchfahrt hinaus. »Topp, Vater«, rief sie, »das soll gelten!« Und zu einem ältlichen Mann gewandt, der eben von der Straße her ins Haus trat, fügte sie hinzu: »Ihr habt's gehört, Vetter Schulze!«

»Nun, nun, Maren«, sagte der Wiesenbauer, »du brauchst keine Zeugen gegen deinen Vater aufzurufen von meinem Wort, da beißt dir keine Maus auch nur ein Titelchen ab.«

Der Schulze schaute indes, auf seinen langen Stock gestützt, eine Weile in den freien Tag hinaus; und hatte nun sein schärferes Auge in der Tiefe des glühenden Himmels ein weißes Pünktchen schwimmen sehen oder wünschte er es nur und glaubte es deshalb gesehen zu haben, aber er lächelte hinterhaltig und sagte: »Mög's Euch bekommen, Vetter Wiesenbauer, der Andrees ist allewege ein tüchtiger Bursch!«

Bald darauf, während der Wiesenbauer und der Schulze in dem Wohnzimmer des erstern über allerlei Rechnungen beisammensaßen, trat Maren an der andern Seite der Dorfstraße mit Mutter Stine in deren Stübchen.

»Aber Kind«, sagte die Witwe, indem sie ihr Spinnrad aus der Ecke holte, »weißt du denn das Sprüchlein für die Regenfrau?«

»Ich?« fragte das Mädchen, indem sie erstaunt den Kopf zurückwarf.

»Nun, ich dachte nur, weil du so keck dem Vater vor die Füße tratst.«

»Nicht doch, Mutter Stine, mir war nur so ums Herz, und ich dachte auch, Ihr selber würdet's wohl noch beisammenbekommen. Räumt nur ein bissel auf in Eurem Kopfe; es muß ja noch irgendwo verkramet liegen!«

Frau Stine schüttelte den Kopf. »Die Urahne ist mir früh gestorben. Das aber weiß ich noch wohl, wenn wir damals große Dürre hatten, wie eben jetzt, und uns dabei mit der Saat oder dem Viehzeug Unheil zuschlug, dann pflegte sie wohl ganz heimlich zu sagen: ›Das tut der Feuermann uns zum Schabernack, weil ich einmal die Regenfrau geweckt habe!‹«

»Der Feuermann?« fragte das Mädchen, »wer ist denn das nun wieder?« Aber ehe sie noch eine Antwort erhalten konnte, war sie schon ans Fenster gesprungen und rief: »Um Gott, Mutter, da kommt der Andrees; seht nur, wie verstürzt er aussieht!«

Die Witwe erhob sich von ihrem Spinnrade. »Freilich, Kind«, sagte sie niedergeschlagen, »siehst du denn nicht, was er auf dem Rücken trägt? Da ist schon wieder eins von den Schafen verdurstet.«

Bald darauf trat der junge Bauer ins Zimmer und legte das tote Tier vor den Frauen auf den Estrich. »Da habt ihr's!« sagte er finster, indem er sich mit der Hand den Schweiß von der heißen Stirn strich.

Die Frauen sahen mehr in sein Gesicht als auf die tote Kreatur. »Nimm dir's nicht so zu Herzen, Andrees!« sagte Maren. »Wir wollen die Regenfrau wecken, und dann wird alles wieder gut werden.«

»Die Regenfrau!« wiederholte er tonlos. »Ja, Maren, wer die wecken könnte! – Es ist aber auch nicht wegen dem allein; es ist mir etwas widerfahren draußen.«

Die Mutter faßte zärtlich seine Hand. »So sag es von dir, mein Sohn«, ermahnte sie, »damit es dich nicht siech mache!«

»So hört denn!« erwiderte er. – »Ich wollte nach unsern Schafen sehen und ob das Wasser, das ich gestern abend für sie hinaufgetragen, noch nicht verdunstet sei. Als ich aber auf den Weideplatz kam, sah ich sogleich, daß es dort nicht seine Richtigkeit habe; der Wasserzuber war nicht mehr, wo ich ihn hingestellt, und auch die Schafe waren nicht zu sehen. Um sie zu suchen, ging ich den Rain hinab bis an den Riesenhügel. Als ich auf die andere Seite kam, da sah ich sie alle liegen, keuchend, die Hälse lang auf die Erde gestreckt; die arme Kreatur hier war schon krepiert. Daneben lag der Zuber umgestürzt und schon gänzlich ausgetrocknet. Die Tiere konnten das nicht getan haben; hier mußte eine böswillige Hand im Spiele sein.«

»Kind, Kind«, unterbrach ihn die Mutter, »wer sollte einer armen Witwe Leides zufügen!«

»Hört nur zu, Mutter, es kommt noch weiter. Ich stieg auf den Hügel und sah nach allen Seiten über die Ebene hin; aber kein Mensch war zu sehen, die sengende Glut lag wie alle Tage lautlos über den Feldern. Nur neben mir auf einem der großen Steine, zwischen denen das Zwergenloch in den Hügel hinabgeht, saß ein dicker Molch und sonnte seinen häßlichen Leib. Als ich noch so halb ratlos, halb ingrimmig um mich her starrte, höre ich auf einmal hinter mir von der andern Seite des Hügels her ein Gemurmel, wie wenn einer eifrig mit sich selber redet, und als ich mich umwende, sehe ich ein knorpsiges Männlein im feuerroten Rock und roter Zipfelmütze unten zwischen dem Heidekraute auf und ab stapfen. –

Ich erschrak mich, denn wo war es plötzlich hergekommen! – Auch sah es gar so arg und mißgeschaffen aus. Die großen braunroten Hände hatte es auf dem Rücken gefaltet, und dabei spielten die krummen Finger wie Spinnenbeine in der Luft. – Ich war hinter den Dornbusch getreten, der neben den Steinen aus dem Hügel wächst, und konnte von hier aus alles sehen, ohne selbst bemerkt zu werden. Das Unding drunten war noch immer in Bewegung; es bückte sich und riß ein Bündel versengten Grases aus dem Boden, daß ich glaubte, es müsse mit seinem Kürbiskopf vornüber schießen; aber es stand schon wieder auf seinen Spindelbeinen, und indem es das dürre Kraut zwischen seinen großen Fäusten zu Pulver rieb, begann es so entsetzlich zu lachen, daß auf der andern Seite des Hügels die halbtoten Schafe aufsprangen und in wilder Flucht an dem Rain hinunterjagten. Das Männlein aber lachte noch gellender, und dabei begann es von einem Bein aufs andere zu springen, daß ich fürchtete, die dünnen Stäbchen müßten unter seinem klumpigen Leibe zusammenbrechen. Es war grausenvoll anzusehen, denn es funkte ihm dabei ordentlich aus seinen kleinen schwarzen Augen.«

Die Witwe hatte leise des Mädchens Hand gefaßt.

»Weißt du nun, wer der Feuermann ist?« sagte sie. Maren nickte.

»Das Allergrausenhafteste aber«, fuhr Andrees fort, »war seine Stimme. ›Wenn sie es wüßten, wenn sie es wüßten!‹ schrie er, ›die Flegel, die Bauerntölpel!‹ Und dann sang er mit seiner schnarrenden, quäkenden Stimme ein seltsames Sprüchlein; immer von vorn nach hinten, als könne er sich gar daran nicht ersättigen. Wartet nur, ich bekomm's wohl noch beisammen!«

Und nach einigen Augenblicken fuhr er fort:

»Dunst ist die Welle,
Staub ist die Quelle!«

Die Mutter ließ plötzlich ihr Spinnrad stehen, das sie während der Erzählung eifrig gedreht hatte, und sah ihren Sohn mit gespannten Augen an. Der aber schwieg wieder und schien sich zu besinnen.

»Weiter!« sagte sie leise.

»Ich weiß nicht weiter, Mutter; es ist fort, und ich hab's mir unterwegs doch wohl hundertmal vorgesagt.«

Als aber Frau Stine mit unsicherer Stimme selbst fortfuhr:

> »Stumm sind die Wälder,
> Feuermann tanzet über die Felder!«,
> da setzte er rasch hinzu:

> »Nimm dich in acht!
> Eh du erwacht,
> Holt dich die Mutter
> Heim in die Nacht!«

»Das ist das Sprüchlein der Regentrude!« rief Frau Stine; »und nun rasch noch einmal! Und du, Maren, merk wohl auf, damit es nicht wiederum verlorengeht!«

Und nun sprachen Mutter und Sohn noch einmal zusammen und ohne Anstoß:

> »Dunst ist die Welle,
> Staub ist die Quelle!
> Stumm sind die Wälder,
> Feuermann tanzet über die Felder!

> Nimm dich in acht!
> Eh du erwacht,
> Holt dich die Mutter
> Heim in die Nacht!«

»Nun hat alle Not ein Ende!« rief Maren; »nun wecken wir die Regentrude; morgen sind alle Felder wieder grün, und übermorgen gibt's Hochzeit!« Und mit fliegenden Worten und glänzenden Augen erzählte sie ihrem Andrees, welches Versprechen sie dem Vater abgewonnen habe.

»Kind«, sagte die Witwe wieder, »weißt du denn auch den Weg zur Regentrude?«

»Nein, Mutter Stine; wißt Ihr denn auch den Weg nicht mehr?«

»Aber, Maren, es war ja die Urahne, die bei der Regentrude war; von dem Wege hat sie mir niemals was erzählt.«

»Nun, Andrees«, sagte Maren und faßte den Arm des jungen Bauern, der währenddes mit gerunzelter Stirn vor sich hin gestarrt hatte, »so sprich du! Du weißt ja sonst doch immer Rat!«

»Vielleicht weiß ich auch jetzt wieder einen!« entgegnete er bedächtig. »Ich muß heute mittag den Schafen noch Wasser hinauftragen. Vielleicht daß ich den Feuermann noch einmal hinter dem Dornbusch belauschen kann! Hat er das Sprüchlein verraten, wird er auch noch den Weg verraten; denn sein dicker Kopf scheint überzulaufen von diesen Dingen.«

Und bei diesem Entschluß blieb es. Soviel sie auch hin und wider redeten, sie wußten keinen bessern aufzufinden.

Bald darauf befand sich Andrees mit seiner Wassertracht droben auf dem Weideplatze. Als er in die Nähe des Riesenhügels kam, sah er den Kobold schon von weitem auf einem der Steine am Zwergenloch sitzen. Er strählte sich mit seinen fünf ausgespreizten Fingern den roten Bart; und jedesmal wenn er die Hand herauszog, löste sich ein Häufchen feuriger Flocken ab und schwebte in dem grellen Sonnenschein über die Felder dahin.

›Da bist du zu spät gekommen‹, dachte Andrees, ›heute wirst du nichts erfahren‹, und wollte seitwärts, als habe er gar nichts gesehen, nach der Stelle abbiegen, wo noch immer der umgestürzte Zuber lag. Aber er wurde angerufen. »Ich dachte, du hättst mit mir zu reden!« hörte er die Quäkstimme des Kobolds hinter sich.

Andrees kehrte sich um und trat ein paar Schritte zurück. »Was hätte ich mit Euch zu reden«, erwiderte er; »ich kenne Euch ja nicht.«

»Aber du möchtest den Weg zur Regentrude wissen?«

»Wer hat Euch denn das gesagt?«

»Mein kleiner Finger, und der ist klüger als mancher große Kerl.«

Andrees nahm all seinen Mut zusammen und trat noch ein paar Schritte näher zu dem Unding an den Hügel hinauf. »Euer kleiner Finger mag schon klug sein«, sagte er, »aber den Weg zur Regenfrau wird er doch nicht wissen, denn den wissen auch die allerklügsten Menschen nicht.«

Der Kobold blähte sich wie eine Kröte und fuhr ein paarmal mit seiner Klaue durch den Feuerbart, daß Andrees vor der herausströmenden Glut einen Schritt zurücktaumelte. Plötzlich aber den jungen Bauer mit dem Ausdrucke eines überlegenen Hohns aus seinen bösen kleinen Augen anstarrend, schnarrte er ihn an: »Du bist zu einfältig, Andrees; wenn ich dir auch sagte, daß die Regentrude hinter dem großen Walde wohnt, so würdest du doch nicht wissen, daß hinter dem Walde eine hohle Weide steht!«

›Hier gilt's den Dummen spielen!‹ dachte Andrees; denn obschon er sonst ein ehrlicher Bursche war, so hatte er doch auch seine gute Portion Bauernschlauheit mit auf die Welt bekommen.

»Da habt Ihr recht«, sagte er und riß den Mund auf, »das würde ich freilich nicht wissen!«

»Und«, fuhr der Kobold fort, »wenn ich dir auch sagte, daß hinter dem Walde die hohle Weide steht, so würdest du doch nicht wissen, daß in dem Baum eine Treppe zum Garten der Regenfrau hinabführt.«

»Wie man sich doch verrechnen kann!« rief Andrees. »Ich dachte, man könnte nur so gradeswegs hineinspazieren.«

»Und wenn du auch gradeswegs hineinspazieren könntest«, sagte der Kobold, »so würdest du immer noch nicht wissen, daß die Regentrude nur von einer reinen Jungfrau geweckt werden kann.«

»Nun freilich«, meinte Andrees, »da hilft's mir nichts; da will ich mich nur gleich wieder auf den Heimweg machen.«

Ein arglistiges Lächeln verzog den breiten Mund des Kobolds. »Willst du nicht erst dein Wasser in den Zuber gießen?« fragte er; »das schöne Viehzeug ist ja schier verschmachtet.«

»Da habt Ihr zum vierten Male recht!« erwiderte der Bursche und ging mit seinen Eimern um den Hügel herum. Als er aber das Wasser in den heißen Zuber goß, schlug es zischend empor und verprasselte in weißen Dampfwolken in die Luft. ›Auch gut!‹ dachte er, ›meine Schafe treibe ich mit mir heim, und morgen mit dem frühesten geleite ich Maren zu der Regentrude. Die soll sie schon erwecken!‹

Auf der andern Seite des Hügels aber war der Kobold von seinen Steinen aufgesprungen. Er warf seine rote Mütze in die Luft und kollerte sich mit wieherndem Gelächter den Berg hinab. Dann sprang er wieder auf seine dürren Spindelbeine, tanzte wie toll umher und schrie dabei mit seiner Quäkstimme einmal übers andere: »Der Kindskopf, der Bauerlümmel dachte mich zu übertölpeln und weiß noch nicht, daß die Trude sich nur durch das rechte Sprüchlein wecken läßt. Und das Sprüchlein weiß keiner als Eckeneckepenn, und Eckeneckepenn, das bin ich!« –

Der böse Kobold wußte nicht, daß er am Vormittag das Sprüchlein selbst verraten hatte.

Auf die Sonnenblumen, die vor Marens Kammer im Garten standen, fiel eben der erste Morgenstrahl, als sie schon das Fenster aufstieß und ihren Kopf in die frische Luft hinaussteckte. Der Wiesenbauer, welcher nebenan im Alkoven des Wohnzimmers schlief, mußte davon erwacht sein; denn sein Schnarchen, das noch eben durch alle Wände drang, hatte plötzlich aufgehört. »Was treibst du, Maren?« rief er mit schläfriger Stimme. »Fehlt's dir denn wo?«

Das Mädchen fuhr sich mit dem Finger an die Lippen; denn sie wußte wohl, daß der Vater, wenn er ihr Vorhaben erführe, sie nicht aus dem Hause lassen würde. Aber sie faßte sich schnell. »Ich habe nicht schlafen können, Vater«, rief sie zurück, »ich will mit den Leuten auf die Wiesen; es ist so hübsch frisch heute morgen.«

»Hast das nicht nötig, Maren«, erwiderte der Bauer, »meine Tochter ist kein Dienstbot'.« Und nach einer Weile fügte er hinzu: »Na, wenn's dir Pläsier macht! Aber sei zur rechten Zeit wieder heim, eh die große Hitze kommt. Und vergiß mein Warmbier nicht!« Damit warf er sich auf die andere Seite, daß die Bettstelle krachte, und gleich darauf hörte auch das Mädchen wieder das wohlbekannte abgemessene Schnarchen.

Behutsam drückte sie ihre Kammertür auf. Als sie durch die Torfahrt ins Freie ging, hörte sie eben den Knecht die beiden Mägde wecken. ›Es ist doch schnöd‹, dachte sie, ›daß du so hast lügen müssen, aber‹ – und sie seufzte dabei ein wenig ›was tut man nicht um seinen Schatz.‹ Drüben in seinem Sonntagsstaat stand schon Andrees ihrer wartend. »Weißt du dein Sprüchlein noch?« rief er ihr entgegen.

»Ja, Andrees! Und weißt du noch den Weg?«

Er nickte nur.

»So laß uns gehen!« – Aber eben kam noch Mutter Stine aus dem Hause und steckte ihrem Sohne ein mit Met gefülltes Fläschchen in die Tasche. »Der ist noch von der Urahne«, sagte sie, »sie tat allezeit sehr geheim und kostbar damit, der wird euch guttun in der Hitze!«

Dann gingen sie im Morgenschein die stille Dorfstraße hinab, und die Witwe stand noch lange und schaute nach der Richtung, wo die jungen kräftigen Gestalten verschwunden waren.

Der Weg der beiden führte hinter der Dorfmark über eine weite Heide. Danach kamen sie in den großen Wald. Aber die Blätter des Waldes lagen meist verdorrt am Boden, so daß die Sonne überall hindurchblitzte; sie wurden fast geblendet von den wechselnden Lichtern. – Als sie eine geraume Zeit zwischen den hohen Stämmen der Eichen und Buchen fortgeschritten waren, faßte das Mädchen die Hand des jungen Mannes.

»Was hast du, Maren?« fragte er.

»Ich hörte unsere Dorfuhr schlagen, Andrees.«

»Ja, mir war es auch so.«

»Es muß sechs Uhr sein!« sagte sie wieder. »Wer kocht denn dem Vater nur sein Warmbier? Die Mägde sind alle auf dem Felde.«

»Ich weiß nicht, Maren; aber das hilft nun doch weiter nicht!«

»Nein«, sagte sie, »das hilft nun weiter nicht. Aber weißt du denn auch noch unser Sprüchlein?«

»Freilich, Maren!

Staub ist die Quelle!
Dunst ist die Welle.«

Und als er einen Augenblick zögerte, sagte sie rasch:

»Stumm sind die Wälder,
Feuermann tanzet über die Felder!«

»Oh«, rief sie, »wie brannte die Sonne!«

»Ja«, sagte Andrees und rieb sich die Wange, »es hat auch mir ordentlich einen Stich gegeben.«

Endlich kamen sie aus dem Walde, und dort, ein paar Schritte vor ihnen, stand auch schon der alte Weidenbaum. Der mächtige Stamm war ganz gehöhlt, und das Dunkel, das darin herrschte, schien tief in den Abgrund der Erde zu führen. Andrees stieg zuerst allein hinab, während Maren sich auf die Höhlung des Baumes lehnte und ihm nachzublicken suchte. Aber bald sah sie nichts mehr von ihm, nur das Geräusch des Hinabsteigens schlug noch an ihr Ohr. Ihr begann angst zu werden, oben um sie her war es so einsam, und von unten hörte sie endlich auch keinen Laut mehr. Sie steckte den Kopf tief in die Höhlung und rief: »Andrees, Andrees!« Aber es blieb alles still, und noch einmal rief sie: »Andrees!« – Da nach einiger Zeit war es ihr, als höre sie es von unten wieder heraufkommen, und allmählich erkannte sie auch die Stimme des jungen Mannes, der ihren Namen rief, und faßte seine Hand, die er ihr entgegenstreckte. »Es führt eine Treppe hinab«, sagte er, »aber sie ist steil und ausgebröckelt, und wer weiß, wie tief nach unten zu der Abgrund ist!«

Maren erschrak. »Fürchte dich nicht«, sagte er, »ich trage dich; ich habe einen sichern Fuß.« Dann hob er das schlanke Mädchen auf seine breite Schulter; und als sie die Arme fest um seinen Hals gelegt hatte, stieg er behutsam mit ihr in die Tiefe.

Dichte Finsternis umgab sie; aber Maren atmete doch auf, während sie so Stufe um Stufe wie in einem gewundenen Schneckengange hinabgetragen wurde; denn es war kühl hier im Innern der Erde. Kein Laut von oben drang zu ihnen herab; nur einmal hörten sie dumpf aus der Ferne die unterirdischen Wasser brausen, die vergeblich zum Lichte emporarbeiteten.

»Was war das?« flüsterte das Mädchen.

»Ich weiß nicht, Maren.«

»Aber hat's denn noch kein Ende?«

»Es scheint fast nicht.«

»Wenn dich der Kobold nur nicht betrogen hat!«

»Ich denke nicht, Maren.«

So stiegen sie tiefer und tiefer. Endlich spürten sie wieder den Schimmer des Sonnenlichts unter sich, das mit jedem Tritte leuchtender wurde; zugleich aber drang auch eine erstickende Hitze zu ihnen herauf.

Als sie von der untersten Stufe ins Freie traten, sahen sie eine gänzlich unbekannte Gegend vor sich. Maren sah befremdet umher. »Die Sonne scheint aber doch dieselbe zu sein!« sagte sie endlich.

»Kälter ist sie wenigstens nicht«, meinte Andrees, indem er das Mädchen zur Erde hob.

Von dem Platze, wo sie sich befanden, auf einem breiten Steindamm, lief eine Allee von alten Weiden in die Ferne hinaus. Sie bedachten sich nicht lange, sondern gingen, als sei ihnen der Weg gewiesen, zwischen den Reihen der Bäume entlang. Wenn sie nach der einen oder andern Seite blickten, so sahen sie in ein ödes, unabsehbares Tiefland, das so von aller Art Rinnen und Vertiefungen zerrissen war, als bestehe es nur aus einem endlosen Gewirre verlassener See- und Strombetten. Dies schien auch dadurch bestätigt zu werden, daß ein beklemmender Dunst, wie von vertrocknetem Schilf, die Luft erfüllte. Dabei lagerte zwischen den Schatten der einzeln stehenden Bäume eine solche Glut, daß es den beiden Wanderern war, als sähen sie kleine weiße Flammen über den staubigen Weg dahinfliegen. Andrees mußte an die Flocken aus dem Feuerbarte des Kobolds denken. Einmal war es ihm sogar, als sähe er zwei dunkle Augenringe in dem grellen Sonnenschein; dann wieder glaubte er deutlich neben sich das tolle Springen der kleinen Spindelbeine zu hören. Bald war es links, bald rechts an seiner Seite.

Wenn er sich aber wandte, vermochte er nichts zu sehen; nur die glutheiße Luft zitterte flirrend und blendend vor seinen Augen. ›Ja‹, dachte er, indem er des Mädchens Hand erfaßte und beide mühsam vorwärts schritten, ›sauer machst du's uns; aber recht behältst du heute nicht!‹

Weiter und weiter gingen sie, der eine nur auf das immer schwerere Atmen des andern hörend. Der einförmige Weg schien kein Ende zu nehmen; neben ihnen unaufhörlich die grauen, halb entblätterten Weiden, seitwärts hüben und drüben unter ihnen die unheimlich dunstende Niederung.

Plötzlich blieb Maren stehen und lehnte sich mit geschlossenen Augen an den Stamm einer Weide. »Ich kann nicht weiter«, murmelte sie; »die Luft ist lauter Feuer.«

Da gedachte Andrees des Metfläschchens, das sie bis dahin unberührt gelassen hatten. – Als er den Stöpsel abgezogen, verbreitete sich ein Duft, als seien die Tausende von Blumen noch einmal zur Blüte auferstanden, aus deren Kelchen vor vielleicht mehr als hundert Jahren die Bienen den Honig zu diesem Tranke zusammengetragen hatten. Kaum hatten die Lippen des Mädchens den Rand der Flasche berührt, so schlug sie schon die Augen auf. »Oh«, rief sie, »auf welcher schönen Wiese sind wir denn?«

»Auf keiner Wiese, Maren; aber trink nur, es wird dich stärken!«

Als sie getrunken hatte, richtete sie sich auf und schaute mit hellen Augen um sich her. »Trink auch einmal, Andrees« sagte sie; »ein Frauenzimmer ist doch nur ein elendiglich Geschöpf!«

»Aber das ist ein echter Tropfen!« rief Andrees, nachdem er auch gekostet hatte. »Mag der Himmel wissen, woraus die Urahne den gebraut hat!«

Dann gingen sie gestärkt und lustig plaudernd weiter. Nach einer Weile aber blieb das Mädchen wieder stehen. »Was hast du, Maren?« fragte Andrees.

»Oh, nichts; ich dachte nur –«

»Was denn, Maren?«

»Siehst du, Andrees! Mein Vater hat noch sein halbes Heu draußen auf den Wiesen; und ich gehe da aus und will Regen machen!«

»Dein Vater ist ein reicher Mann, Maren; aber wir andern haben unser Fetzchen Heu schon längst in der Scheuer und unsere Frucht noch alle auf den dürren Halmen.«

»Ja, ja, Andrees, du hast wohl recht; man muß auch an die andern denken!« Im stillen bei sich selber aber setzte sie nach einer Weile hinzu: ›Maren, Maren, mach dir keine Flausen vor; du tust ja doch alles nur von wegen deinem Schatz!‹

So waren sie wieder eine Zeitlang fortgegangen, als das Mädchen plötzlich rief: »Was ist denn das? Wo sind wir denn? Das ist ja ein großer, ungeheuerer Garten!«

Und wirklich waren sie, ohne zu wissen wie, aus der einförmigen Weidenallee in einen großen Park gelangt. Aus der weiten, jetzt freilich versengten Rasenfläche erhoben sich überall Gruppen hoher prachtvoller Bäume. Zwar war ihr Laub zum Teil gefallen oder hing dürr oder schlaff an den Zweigen, aber der kühne Bau ihrer Äste strebte noch in den Himmel, und die mächtigen Wurzeln griffen noch weit über die Erde hinaus. Eine Fülle von Blumen, wie die beiden sie nie zuvor gesehen, bedeckte hier und da den Boden; aber alle diese Blumen waren welk und düftelos und schienen mitten in der höchsten Blüte von der tödlichen Glut getroffen zu sein.

»Wir sind am rechten Orte, denk ich!« sagte Andrees.

Maren nickte, »Du mußt nun hier zurückbleiben, bis ich wiederkomme.«

»Freilich«, erwiderte er, indem er sich in dem Schatten einer großen Eiche ausstreckte. »Das übrige ist nun deine Sach'! Halt nur das Sprüchlein fest und verred dich nicht dabei!« –

So ging sie denn allein über den weiten Rasen und unter den himmelhohen Bäumen dahin, und bald sah der Zurückbleibende nichts mehr von ihr. Sie aber schritt weiter und weiter durch die Einsamkeit. Bald hörten die Baumgruppen auf, und der Boden senkte sich. Sie erkannte wohl, daß sie in dem ausgetrockneten Bette eines Gewässers ging; weißer Sand und Kiesel bedeckten den Boden, dazwischen lagen tote Fische und blinkten mit ihren Silberschuppen in der Sonne. In der Mitte des Beckens sah sie einen grauen fremdartigen Vogel stehen; er schien ihr einem Reiher ähnlich zu sein, doch war er von solcher Größe, daß sein Kopf, wenn er ihn aufrichtete, über den eines Menschen hinwegragen mußte; jetzt hatte er den langen Hals zwischen den Flügeln zurückgelegt und schien zu schlafen. Maren fürchtete sich. Außer dem regungslosen unheimlichen Vogel war kein lebendes Wesen sichtbar, nicht einmal das Schwirren einer Fliege unterbrach hier die Stille; wie ein Entsetzen lag das Schweigen über diesem Orte.

Einen Augenblick trieb sie die Angst, nach ihrem Geliebten zu rufen, aber sie wagte es wiederum nicht; denn den Laut ihrer eigenen Stimme in dieser Öde zu hören dünkte sie noch schauerlicher als alles andere. So richtete sie denn ihre Augen fest in die Ferne, wo sich wieder dichte Baumgruppen über den Boden zu erheben schienen, und schritt weiter, ohne rechts oder links zu sehen. Der große Vogel rührte sich nicht, als sie mit leisem Tritt an ihm vorüberging, nur für einen Augenblick blitzte es schwarz unter der weißen Augenhaut hervor. – Sie atmete auf. – Nachdem sie noch eine weite Strecke hingeschritten, verengte sich das Seebette zu der Rinne eines mäßigen Baches, der unter einer breiten Lindengruppe durchführte. Das Geäste dieser mächtigen Bäume war so dicht, daß ungeachtet des mangelhaften Laubes kein Sonnenstrahl hindurchdrang.

Maren ging in dieser Rinne weiter; die plötzliche Kühle um sie her, das hohe dunkle Gewölbe der Wipfel über ihr; es schien ihr fast, als gebe sie durch eine Kirche. Plötzlich aber wurden ihre Augen von einem blendenden Licht getroffen; die Bäume hörten auf, und vor ihr erhob sich ein graues Gestein, auf das die grellste Sonne niederbrannte.

Maren selbst stand in einem leeren sandigen Becken, in welches sonst ein Wasserfall über die Felsen hinabgestürzt sein mochte, der dann unterhalb durch die Rinne seinen Abfluß in den jetzt verdunsteten See gehabt hatte. Sie suchte mit den Augen, wo wohl der Weg zwischen den Klippen hinaufführe. Plötzlich aber schrak sie zusammen. Denn das dort auf der halben Höhe des Absturzes konnte nicht zum Gestein gehören; wenn es auch ebenso grau war und starr wie dieses in der regungslosen Luft lag, so erkannte sie doch bald, daß es ein Gewand sei, welches in Falten eine ruhende Gestalt bedeckte. – Mit verhaltenem Atem stieg sie näher. Da sah sie es deutlich; es war eine schöne mächtige Frauengestalt. Der Kopf lag tief aufs Gestein zurückgesunken; die blonden Haare, die bis zur Hüfte hinabflossen, waren voll Staub und dürren Laubes. Maren betrachtete sie aufmerksam. ›Sie muß sehr schön gewesen sein‹, dachte sie, ›ehe diese Wangen so schlaff und diese Augen so eingesunken waren. Ach, und wie bleich ihre Lippen sind! Ob es denn wohl die Regentrude sein mag? – Aber die da schläft nicht; das ist eine Tote! Oh, es ist entsetzlich einsam hier!‹

Das kräftige Mädchen hatte sich indessen bald gefaßt. Sie trat ganz dicht herzu, und niederkniend und zu ihr hingebeugt, legte sie ihre frischen Lippen an das marmorblasse Ohr der Ruhenden. Dann, all ihren Mut zusammennehmend, sprach sie laut und deutlich:

>>Dunst ist die Welle,
Staub ist die Quelle!
Stumm sind die Wälder,
Feuermann tanzet über die Felder!<<

Da rang sich ein tiefer klagender Laut aus dem bleichen Munde hervor; doch das Mädchen sprach immer stärker und eindringlicher:

>>Nimm dich in acht!
Eh du erwacht,
Holt dich die Mutter
Heim in die Nacht!<<

Da rauschte es sanft durch die Wipfel der Bäume, und in der Ferne donnerte es leise wie von einem Gewitter. Zugleich aber und, wie es schien, von jenseit des Gesteins kommend, durchschnitt ein greller Ton die Luft, wie der Wutschrei eines bösen Tieres. Als Maren emporsah, stand die Gestalt der Trude hoch aufgerichtet vor ihr. >>Was willst du?<< fragte sie.

>>Ach, Frau Trude<<, antwortete das Mädchen noch immer kniend. >>Ihr habt so grausam lang geschlafen, daß alles Laub und alle Kreatur verschmachten will!<<

Die Trude sah sie mit weit aufgerissenen Augen an, als mühe sie sich, aus schweren Träumen zu kommen.

Endlich fragte sie mit tonloser Stimme: >>Stürzt denn der Quell nicht mehr?<<

>>Nein, Frau Trude<<, erwiderte Maren.

>>Kreist denn mein Vogel nicht mehr über dem See?<<

>>Er steht in der heißen Sonne und schläft.<<

>>Weh!<< wimmerte die Regenfrau. >>So ist es hohe Zeit. Steh auf und folge mir, aber vergiß nicht den Krug, der dort zu deinen Füßen liegt!<<

Maren tat, wie ihr geheißen, und beide stiegen nun an der Seite des Gesteins hinauf. – Noch mächtigere Baumgruppen, noch wunderbarere Blumen waren hier der Erde entsprossen, aber auch hier war alles welk und düftelos. – Sie gingen an der Rinne des Baches entlang, der hinter ihnen seinen Abfall vom Gestein gehabt hatte. Langsam und schwankend schritt die Trude dem Mädchen voran, nur dann und wann die Augen traurig umherwendend. Dennoch meinte Maren, es bleibe ein grüner Schimmer auf dem Rasen, den ihr Fuß betreten, und wenn die grauen Gewänder über das dürre Gras schleppten, da rauschte es so eigen, daß sie immer darauf hinhören mußte. »Regnet es denn schon, Frau Trude?« fragte sie.

»Ach nein, Kind, erst mußt du den Brunnen aufschließen!«

»Den Brunnen? Wo ist denn der?«

Sie waren eben aus einer Gruppe von Bäumen herausgetreten. »Dort!« sagte die Trude, und einige tausend Schritte vor ihnen sah Maren einen ungeheueren Bau emporsteigen. Er schien von grauem Gestein zackig und unregelmäßig aufgetürmt; bis in den Himmel, meinte Maren, denn nach oben hinauf war alles wie in Duft und Sonnenglanz zerflossen. Am Boden aber wurde die in riesenhaften Erkern vorspringende Fronte überall von hoben spitzbogigen Tor- und Fensterhöhlen durchbrochen, ohne daß jedoch von Fenstern oder Torflügeln selbst etwas zu sehen gewesen wäre.

Eine Weile schritten sie gerade darauf zu, bis sie durch den Uferabsturz eines Stromes aufgehalten wurden, der den Bau rings zu umgehen schien. Auch hier war jedoch das Wasser bis auf einen schmalen Faden, der noch in der Mitte floß, verdunstet; ein Nachen lag zerborsten auf der trockenen Schlammdecke des Strombettes.

»Schreite hindurch!« sagte die Trude. »Über dich hat er keine Gewalt. Aber vergiß nicht, von dem Wasser zu schöpfen; du wirst es bald gebrauchen!«

Als Maren, dem Befehl gehorchend, von dem Ufer herabtrat, hätte sie fast den Fuß zurückgezogen, denn der Boden war hier so heiß, daß sie die Glut durch ihre Schuhe fühlte. ›Ei was, mögen die Schuhe verbrennen!‹ dachte sie und schritt rüstig mit ihrem Kruge weiter. Plötzlich aber blieb sie stehen; der Ausdruck des tiefsten Entsetzens trat in ihre Augen. Denn neben ihr zerriß die trockene Schlammdecke, und eine große braunrote Faust mit krummen Fingern fuhr daraus hervor und griff nach ihr.

»Mut!« hörte sie die Stimme der Trude hinter sich vom Ufer her.

Da erst stieß sie einen lauten Schrei aus, und der Spuk verschwand.

»Schließe die Augen!« hörte sie wiederum die Trude rufen. – Da ging sie mit geschlossenen Augen weiter; als sie aber das Wasser ihren Fuß berühren fühlte, bückte sie sich und füllte ihren Krug. Dann stieg sie leicht und ungefährdet am andern Ufer wieder hinauf.

Bald hatte sie das Schloß erreicht und trat mit klopfendem Herzen durch eines der großen offenen Tore. Drinnen aber blieb sie staunend an dem Eingange stehen. Das ganze Innere schien nur ein einziger unermeßlicher Raum zu sein. Mächtige Säulen von Tropfstein trugen in beinahe unabsehbarer Höhe eine seltsame Decke; fast meinte Maren, es seien nichts als graue riesenhafte Spinngewebe, die überall in Bauschen und Spitzen zwischen den Knäufen der Säulen herabhingen. Noch immer stand sie wie verloren an derselben Stelle und blickte bald vor sich hin, bald nach einer und der andern Seite, aber diese ungeheueren Räume schienen außer nach der Fronte zu, durch welche Maren eingetreten war, ganz ohne Grenzen zu sein; Säule hinter Säule erhob sich, und wie sehr sie sich auch anstrengte, sie konnte nirgends ein Ende absehen. Da blieb ihr Auge an einer Vertiefung des Bodens haften. Und siehe! Dort, unweit von ihr, war der Brunnen; auch den goldenen Schlüssel sah sie auf der Falltür liegen.

Während sie darauf zuging, bemerkte sie, daß der Fußboden nicht etwa, wie sie es in ihrer Dorfkirche gesehen, mit Steinplatten, sondern überall mit vertrockneten Schilf- und Wiesenpflanzen bedeckt war. Aber es nahm sie jetzt schon nichts mehr wunder.

Nun stand sie am Brunnen und wollte eben den Schlüssel ergreifen; da zog sie rasch die Hand zurück. Denn deutlich hatte sie es erkannt: der Schlüssel, der ihr in dem grellen Licht eines von außen hereinfallenden Sonnenstrahls entgegenleuchtete, war von Glut und nicht von Golde rot. Ohne Zaudern goß sie ihren Krug darüber aus, daß das Zischen des verdampfenden Wassers in den weiten Räumen widerhallte. Dann schloß sie rasch den Brunnen auf. Ein frischer Duft stieg aus der Tiefe, als sie die Falltür zurückgeschlagen hatte, und erfüllte bald alles mit einem feinen feuchten Staube, der wie ein zartes Gewölk zwischen den Säulen emporstieg.

Sinnend und in der frischen Kühle aufatmend, ging Maren umher. Da begann zu ihren Füßen ein neues Wunder. Wie ein Hauch rieselte ein lichtes Grün über die verdorrte Pflanzendecke, die Halme richteten sich auf, und bald wandelte das Mädchen durch eine Fülle sprießender Blätter und Blumen.

Am Fuße der Säulen wurde es blau von Vergißmeinnicht; dazwischen blühten gelbe und braunviolette Iris auf und verhauchten ihren zarten Duft. An den Spitzen der Blätter klommen Libellen empor, prüften ihre Flügel und schwebten dann schillernd und gaukelnd über den Blumenkelchen, während der frische Duft, der fortwährend aus dem Brunnen stieg, immer mehr die Luft erfüllte und wie Silberfunken in den hereinfallenden Sonnenstrahlen tanzte.

Indessen Maren noch des Entzückens und Bestaunens kein Ende finden konnte, hörte sie hinter sich ein behagliches Stöhnen wie von einer süßen Frauenstimme. Und wirklich, als sie ihre Augen nach der Vertiefung des Brunnens wandte, sah sie auf dem grünen Moosrande, der dort emporgekeimt war, die ruhende Gestalt einer wunderbar schönen blühenden Frau. Sie hatte ihren Kopf auf den nackten glänzenden Arm gestützt, über den das blonde Haar wie in seidenen Wellen herabfiel, und ließ ihre Augen oben zwischen den Säulen an der Decke wandern.

Auch Maren blickte unwillkürlich hinauf. Da sah sie nun wohl, daß das, was sie für große Spinngewebe gehalten, nichts anderes sei als die zarten Florgewebe der Regenwolken, die durch den aus dem Braunen aufsteigenden Duft gefüllt und schwer und schwerer wurden. Eben hatte sich ein solches Gewölk in der Mitte der Decke abgelöst und sank leise schwebend herab, so daß Maren das Gesicht der schönen Frau am Brunnen nur noch wie durch einen grauen Schleier leuchten sah. Da klatschte diese in die Hände, und sogleich schwamm die Wolke der nächsten Fensteröffnung zu und floß durch dieselbe ins Freie hinaus.

»Nun!« rief die schöne Frau. »Wie gefällt dir das?« Und dabei lächelte ihr roter Mund, und ihre weißen Zähne blitzten.

Dann winkte sie Maren zu sich, und diese mußte sich neben ihr ins Moos setzen; und als eben wieder ein Duftgewebe von der Decke niedersank, sagte sie: »Nun klatsch in deine Hände!« Und als Maren das getan und auch diese Wolke, wie die erste, ins Freie hinausgezogen war, rief sie: »Siehst du wohl, wie leicht das ist! Du kannst es besser noch als ich!«

Maren betrachtete verwundert die schöne übermütige Frau. »Aber«, fragte sie, »wer seid Ihr denn so eigentlich?«

»Wer ich bin? Nun, Kind, bist du aber einfältig!«

Das Mädchen sah sie noch einmal mit ungewissen Augen an; endlich sagte sie zögernd: »Ihr seid doch nicht gar die Regentrude?«

»Und wer sollte ich denn anders sein?«

»Aber verzeiht! Ihr seid ja so schön und lustig jetzt!«

Da wurde die Trude plötzlich ganz still. »Ja«, rief sie, »ich muß dir dankbar sein. Wenn du mich nicht geweckt hättest, wäre der Feuermann Meister geworden, und ich hätte wieder hinabmüssen zu der Mutter unter die Erde.« Und indem sie ein wenig wie vor innerem Grauen die weißen Schultern zusammenzog, setzte sie hinzu: »Und es ist ja doch so schön und grün hier oben!«

Dann mußte Maren erzählen, wie sie hiehergekommen, und die Trude legte sich ins Moos zurück und hörte zu. Mitunter pflückte sie eine der Blumen, die neben ihr emporsproßten, und steckte sie sich oder dem Mädchen ins Haar. Als Maren von dem mühseligen Gange auf dem Weidendamme berichtete, seufzte die Trude und sagte: »Der Damm ist einst von euch Menschen selbst gebaut worden; aber es ist schon lange, lange her! Solche Gewänder, wie du sie trägst, sah ich nie bei ihren Frauen. Sie kamen damals öfters zu mir, ich gab ihnen Keime und Körner zu neuen Pflanzen und Getreiden, und sie brachten mir zum Dank von ihren Früchten. Wie sie meiner nicht vergaßen, so vergaß ich ihrer nicht, und ihre Felder waren niemals ohne Regen. Seit lange aber sind die Menschen mir entfremdet, es kommt niemand mehr zu mir. Da bin ich denn vor Hitze und lauter Langerweile eingeschlafen, und der tückische Feuermann hätte fast den Sieg erhalten.«

Maren hatte sich währenddessen ebenfalls mit geschlossenen Augen auf das Moos zurückgelegt, es taute so sanft um sie her, und die Stimme der schönen Trude klang so süß und traulich.

»Nur einmal«, fuhr diese fort, »aber das ist auch schon lange her, ist noch ein Mädchen gekommen, sie sah fast aus wie du und trug fast ebensolche Gewänder. Ich schenkte ihr von meinem Wiesenhonig, und das war die letzte Gabe, die ein Mensch aus meiner Hand empfangen hat.«

»Seht nur«, sagte Maren, »das hat sich gut getroffen! Jenes Mädchen muß die Urahne von meinem Schatz gewesen sein, und der Trank, der mich heute so gestärkt hat, war gewiß von Eurem Wiesenhonig!«

Die Regenfrau dachte wohl noch an ihre junge Freundin von damals; denn sie fragte: »Hat sie denn noch so schöne braune Löckchen an der Stirn?«

»Wer denn, Frau Trude?«

»Nun, die Urahne, wie du sie nennst!«

»O nein, Frau Trude«, erwiderte Maren, und sie fühlte sich in diesem Augenblick ihrer mächtigen Freundin fast ein wenig überlegen – »die Urahne ist ja ganz steinalt geworden!«

»Alt?« fragte die schöne Frau. Sie verstand das nicht, denn sie kannte nicht das Alter.

Maren hatte große Mühe, ihr es zu erklären. »Merket nur«, sagte sie endlich, »graues Haar und rote Augen und häßlich und verdrießlich sein! Seht, Frau Trude, das nennen wir alt!«

»Freilich«, erwiderte diese, »ich entsinne mich nun; es waren auch solche unter den Frauen der Menschen; aber die Urahne soll zu mir kamen, ich mache sie wieder froh und schön.«

Maren schüttelte den Kopf. »Das geht ja nicht, Frau Trude«, sagte sie, »die Urahne ist ja längst unter der Erde.«

Die Trude seufzte. »Arme Urahne.«

Hierauf schwiegen beide, während sie noch immer behaglich ausgestreckt im weichen Moose lagen. »Aber Kind!« rief plötzlich die Trude, »da haben wir über all dem Geplauder ja ganz das Regenmachen vergessen. Schlag doch nur die Augen auf! Wir sind ja unter lauter Wolken ganz begraben; ich sehe dich schon gar nicht mehr!«

»Ei, da wird man ja naß wie eine Katze!« rief Maren, als sie die Augen aufgeschlagen hatte.

Die Trude lachte. »Klatsch nur ein wenig in die Hände, aber nimm dich in acht, daß du die Wolken nicht zerreißt!«

So begannen beide leise in die Hände zu klopfen; und alsbald entstand ein Gewoge und Geschiebe, die Nebelgebilde drängten sich nach den Öffnungen und schwammen, eins nach dem andern, ins Freie hinaus. Nach kurzer Zeit sah Maren schon wieder den Brunnen vor sich und den grünen Boden mit den gelben und violetten Irisblüten. Dann wurden auch die Fensterhöhlen frei, und sie sah weithin über den Bäumen des Gartens die Wolken den ganzen Himmel überziehen. Allmählich verschwand die Sonne. Noch ein paar Augenblicke, und sie hörte es draußen wie einen Schauer durch die Blätter der Bäume und Gebüsche wehen, und dann rauschte es hernieder, mächtig und unablässig.

Maren saß aufgerichtet mit gefalteten Händen. »Frau Trude, es regnet«, sagte sie leise.

Diese nickte kaum merklich mit ihrem schönen blonden Kopfe; sie saß wie träumend.

Plötzlich aber entstand draußen ein lautes Prasseln und Heulen, und als Maren erschrocken hinausblickte, sah sie aus dem Bette des Umgebungsstromes, den sie kurz vorher überschritten hatte, sich ungeheuere weiße Dampfwolken stoßweise in die Luft erheben. In demselben Augenblicke fühlte sie sich auch von den Armen der schönen Regenfrau umfangen, die sich zitternd an das neben ihr ruhende junge Menschenkind schmiegte. »Nun gießen sie den Feuermann aus«, flüsterte sie, »horch nur, wie er sich wehrt! Aber es hilft ihm doch nichts mehr.«

Eine Weile hielten sie sich so umschlossen; da wurde es stille draußen, und es war nun nichts zu hören als das sanfte Rauschen des Regens. – Da standen sie auf, und die Trude ließ die Falltür des Brunnens herab und verschloß sie.

Maren küßte ihre weiße Hand und sagte: »Ich danke Euch, liebe Frau Trude, für mich und alle Leute in unserm Dorfe! Und« – setzte sie ein wenig zögernd hinzu – »nun möchte ich wieder heimgehen!«

»Schon gehen?« fragte die Trude.

»Ihr wißt es ja, mein Schatz wertet auf mich; er mag schon wacker naß geworden sein.«

Die Trude erhob den Finger. »Wirst du ihn auch später niemals warten lassen?«

»Gewiß nicht, Frau Trude!«

»So geh, mein Kind; und wenn du heimkommst, so erzähle den andern Menschen von mir, daß sie meiner fürder nicht vergessen. – Und nun komm! Ich werde dich geleiten.«

Draußen unter dem frischen Himmelstau war schon überall das Grün des Rasens und an Baum und Büschen das Laub hervorgesprossen. – Als sie an den Strom kamen, hatte das Wasser sein ganzes Bette wieder ausgefüllt, und als erwarte er sie, ruhte der Kahn, wie von unsichtbarer Hand wiederhergestellt, schaukelnd an dem üppigen Grase des Uferrandes. Sie stiegen ein, und leise glitten sie hinüber, während die Tropfen spielend und klingend in die Flut fielen. Da, als sie eben an das andere Ufer traten, schlugen neben ihnen die Nachtigallen ganz laut aus dem Dunkel des Gebüsches. »Oh«, sagte die Trude und atmete so recht aus Herzensgrunde, »es ist noch Nachtigallenzeit, es ist noch nicht zu spät!«

Da gingen sie an dem Bach entlang, der zu dem Wasserfalle führte. Der stürzte sich schon wieder tosend über die Felsen und floß dann strömend in der breiten Rinne unter den dunkeln Linden fort. Sie mußten, als sie hinabgestiegen waren, an der Seite unter den Bäumen hingehen. Als sie wieder ins Freie traten, sah Maren den fremden Vogel in großen Kreisen über einem See schweben, dessen weites Becken sich zu ihren Füßen dehnte. Bald gingen sie unten längs dem Ufer hin, fortwährend die süßesten Düfte atmend und auf das Anrauschen der Wellen horchend, die über glänzende Kiesel an dem Strande hinaufströmten. Tausende von Blumen blühten überall, auch Veilchen und Maililien bemerkte Maren und andere Blumen, deren Zeit eigentlich längst vorüber war, die aber wegen der bösen Glut nicht hatten zur Entfaltung kommen können. »Die wollen auch nicht zurückbleiben«, sagte die Trude, »das blüht nun alles durcheinander hin.«

Mitunter schüttelte sie ihr blondes Haar, daß die Tropfen wie Funken um sie her sprühten, oder sie schränkte ihre Hände zusammen, daß von ihren vollen weißen Armen das Wasser wie in eine Muschel hinabfloß. Dann wieder riß sie die Hände auseinander, und wo die hingesprühten Tropfen die Erde berührten, da stiegen neue Düfte auf, und ein Farbenspiel von frischen, nie gesehenen Blumen drängte sich leuchtend aus dem Rasen.

Als sie um den See herum waren, blickte Maren noch einmal auf die weite, bei dem niederfallenden Regen kaum übersehbare Wasserfläche zurück; es schauerte sie fast bei dem Gedanken, daß sie am Morgen trockenen Fußes durch die Tiefe gegangen sei. Bald mußten sie dem Platze nahe sein, wo sie ihren Andrees zurückgelassen hatte. Und richtig! Dort unter den hohen Bäumen lag er mit aufgestütztem Arm; er schien zu schlafen. Als aber Maren auf die schöne Trude blickte, wie sie mit dem roten lächelnden Munde so stolz neben ihr über den Rasen schritt, erschien sie sich plötzlich in ihren bäuerischen Kleidern so plump und häßlich, daß sie dachte: ›Ei, das tut nicht gut, die braucht der Andrees nicht zu sehen!‹ Laut aber sprach sie: »Habt Dank für Euer Geleite, Frau Trude, ich finde mich nun schon selber!«

»Aber ich muß doch deinen Schatz noch sehen!«

»Bemüht Euch nicht, Frau Trude«, erwiderte Maren, »es ist eben ein Bursch wie die andern auch und just gut genug für ein Mädel vom Dorf.«

Die Trude sah sie mit durchdringenden Augen an. »Schön bist du, Närrchen!« sagte sie und erhob drohend ihren Finger. »Bist du denn aber auch in deinem Dorf die Allerschönste?«

Da stieg dem hübschen Mädchen das Blut ins Gesicht, daß ihr die Augen überliefen. Die Trude aber lächelte schon wieder. »So merk denn auf!« sagte sie; »weil nun doch alle Quellen wieder springen, so könnt ihr einen kürzern Weg haben. Gleich unten links am Weidendamm liegt ein Nachen. Steigt getrost hinein; er wird euch rasch und sicher in eure Heimat bringen! – Und nun leb wohl« rief sie und legte ihren Arm um den Nacken des Mädchens und küßte sie. »Oh, wie süß frisch schmeckt doch solch ein Menschenmund!«

Dann wandte sie sich und ging unter den fallenden Tropfen über den Rasen dahin. Dabei hub sie an zu singen; das klang süß und eintönig; und als die schöne Gestalt zwischen den Bäumen verschwunden war, da wußte Maren nicht, hörte sie noch immer aus der Ferne den Gesang, oder war es nur das Rauschen des niederfallenden Regens.

Eine Weile noch blieb das Mädchen stehen; dann, wie in plötzlicher Sehnsucht, streckte sie die Arme aus. »Lebt wohl, schöne, liebe Regentrude, lebt wohl!« rief sie. – Aber keine Antwort kam zurück; sie erkannte es nun deutlich, es war nur noch der Regen, der herniederrauschte.

Als sie hierauf langsam dem Eingange des Gartens zuschritt, sah sie den jungen Bauer hoch aufgerichtet unter den Bäumen stehen. »Wonach schaust du denn so?« fragte sie, als sie näher gekommen war. »Alle Tausend, Maren!« rief Andrees, »was war denn das für ein sauber Weibsbild?«

Das Mädchen aber ergriff den Arm des Burschen und drehte ihn mit einem derben Ruck herum. »Guck dir nur nicht die Augen aus!« sagte sie, »das ist keine für dich; das war die Regentrude!«

Andrees lachte. »Nun, Maren«, erwiderte er, »daß du sie richtig aufgeweckt hattest, das hab ich hier schon merken können; denn so naß, mein ich, ist der Regen noch nimmer gewesen, und so etwas von Grünwerden hab ich auch all mein Lebtag noch nicht gesehen! – Aber nun komm! Wir wollen heim, und dein Vater soll uns sein Wort einlösen.«

Unten am Weidendamm fanden sie den Nachen und stiegen ein. Das ganze weite Tiefland war schon überflutet, auf dem Wasser und in der Luft lebte es von aller Art Gevögel; die schlanken Seeschwalben schossen schreiend über ihnen hin und tauchten die Spitzen ihrer Flügel in die Flut, während die Silbermöwe majestätisch neben ihrem fortschießenden Kahn dahinschwamm; auf den grünen Inselchen, an denen sie hier und dort vorbeikamen, sahen sie die Bruushähne mit den goldenen Kragen ihre Kampfspiele haken.

So glitten sie rasch dahin. Noch immer fiel der Regen, sanft, doch unablässig. Jetzt aber verengte sich das Wasser, und bald war es nur noch ein mäßig breiter Bach.

Andrees hatte schon eine Zeitlang mit der Hand über den Augen in die Ferne geblickt. »Sieh doch, Maren«, rief er, »ist das nicht meine Roggenkoppel?«

»Freilich, Andrees; und prächtig grün ist sie geworden! Aber siehst du denn nicht, daß es unser Dorfbach ist, auf dem wir fahren?«

»Richtig, Maren; aber was ist denn das dort? Das ist ja alles überflutet!«

»Ach, du lieber Gott!« rief Maren, »das sind ja meines Vaters Wiesen! Sieh nur, das schöne Heu, es schwimmt ja alles.«

Andrees drückte dem Mädchen die Hand. »Laß nur, Maren!« sagte er, »der Preis ist, denk ich, nicht zu hoch, und meine Felder tragen ja nun um desto besser.«

Bei der Dorflinde legte der Nachen an. Sie traten ans Ufer, und bald gingen sie Hand in Hand die Straße hinab. Da wurde ihnen von allen Seiten freundlich zugenickt; denn Mutter Stine mochte in ihrer Abwesenheit doch ein wenig geplaudert haben.

»Es regnet!« riefen die Kinder, die unter den Tropfen durch über die Straße liefen. »Es regnet!« sagte der Vetter Schulze, der behaglich aus seinem offenen Fenster schaute und den beiden mit kräftigem Drucke die Hand schüttelte. »Ja, ja, es regnet!« sagte auch der Wiesenbauer, der wieder mit der Meerschaumpfeife in der Torfahrt seines stattlichen Hauses stand. »Und du, Maren, hast mich heute morgen wacker angelogen. Aber kommt nur herein, ihr beiden! Der Andrees, wie der Vetter Schulze sagt, ist allewege ein guter Bursch, seine Ernte wird heuer auch noch gut, und wenn es etwan wieder drei Jahre Regen geben sollte, so ist es am Ende doch so übel nicht, wenn Höhen und Tiefen beieinanderkommen. Drum geht hinüber zu Mutter Stine, da wollen wir die Sache allfort in Richtigkeit bringen!«

Mehrere Wochen waren seitdem vergangen. Der Regen hatte längst wieder aufgehört, und die letzten schweren Erntewagen waren mit Kränzen und flatternden Bändern in die Scheuern eingefahren; da schritt im schönsten Sonnenschein ein großer Hochzeitszug der Kirche zu. Maren und Andrees waren die Brautleute; hinter ihnen gingen Hand in Hand Mutter Stine und der Wiesenhauer. Als sie fast bei der Kirchtür angelangt waren, daß sie schon den Choral vernahmen, den drinnen zu ihrem Empfang der alte Kantor auf der Orgel spielte, zog plötzlich ein weißes Wölkchen über ihnen am blauen Himmel auf, und ein paar leichte Regentropfen fielen der Braut in ihren Kranz. – »Das bedeutet Glück!« riefen die Leute, die auf dem Kirchhof standen. »Das war die Regentrude!« flüsterten Braut und Bräutigam und drückten sich die Hände.

Dann trat der Zug in die Kirche; die Sonne schien wieder, die Orgel aber schwieg, und der Priester verrichtete sein Werk.

Am Kamin

1

»Ich werde Gespenstergeschichten erzählen! – Ja, da klatschen die jungen Damen schon alle in die Hände.«

»Wie kommen Sie denn zu Gespenstergeschichten, alter Herr?«

»Ich? – das liegt in der Luft. Hören Sie nur, wie draußen der Oktoberwind in den Tannen fegt! Und dann hier drinnen dies helle Kienäpfelfeuerchen!«

»Aber ich dächte, die Spukgeschichten gehörten gänzlich zum Rüstzeug der Reaktion?«

»Nun, gnädige Frau, unter Ihrem Vorsitz wollen wir es immer darauf wagen.«

»Machen Sie nicht solche Augen, alter Herr!«

»Ich mache gar keine Augen. Aber wir wollen Stühle um den Kamin setzen. – So! die Chaiselongue kann stehenbleiben. – Nein, Klärchen, nicht die Lichter ausputzen! Da merkt man Absicht, und... et cetera.«

»So fang denn endlich einmal an!«

»In meiner Vaterstadt...«

»Wart noch; ich will mich vor dem Kamin auf den Teppich legen und Kienäpfel zuwerfen.«

»Tu das! – Also, ein Arzt in meiner Vaterstadt hatte einen vierjährigen Knaben, welcher Peter hieß.«

»Das fängt sehr trocken an!«

»Klärchen, paß auf deine Kienäpfel! – Dem kleinen Peter träumte eines Nachts – –«

»Ach – – Träumen!«

»Was Träumen? Meine Damen, ich muß dringend bitten. Soll ich an einer zurückgetretenen Spukgeschichte ersticken?«

»Das ist keine Spukgeschichte; Träumen ist nicht Spuken.«

»Halt den Mund, liebes Klärchen! – Wo war ich denn?«

»Du warst noch nicht weit.«

»Sßt! – Der Vater erwachte eines Nachts-still, Klärchen! von dem ängstlichen Geschrei des Jungen, welcher neben seinem Bette schlief.

Er nahm ihn zu sich und suchte ihn zu ermuntern, aber das Kind war gar nicht zu beruhigen. – ›Was fehlt dir, Junge?‹ – ›Es war ein großer Wolf da, er war hinter mir, er wollte mich fressen.‹ – ›Du träumst ja, mein Kind!‹ – ›Nein, nein, Papa, es war ein wirklicher Wolf; seine rauhen Haare sind an mein Gesicht gekommen.‹ – Er begrub den Kopf an seines Vaters Brust und wollte nicht wieder in sein Korbbettchen zurück. So schlief er endlich ein. Draußen vom Turme hörte der Doktor nach einiger Zeit eins schlagen.

Im Hause des Arztes lebte eine ältliche Schwester desselben, welche den kleinen Peter ganz besonders in ihr Herz geschlossen hatte. – Es war eigentlich eine Range, der Junge, in einer Abendgesellschaft bei seinen Eltern hatte er uns einmal alle Sardellen von den Butterbröten weggefressen. Aber das tat der Liebe der Tante keinen Eintrag.

Am andern Morgen, als der Doktor aus seinem Schlafzimmer trat, war sie die erste, die ihm begegnete. ›Denke dir, Karl, was mir geträumt hat!‹ – ›Nun?‹ – ›Ich hatte mich in einen Wolf verwandelt und wollte den kleinen Peter fressen; ich trabte auf allen vieren, während der Junge schreiend vor mir herlief.‹ – ›Hu! – Weißt du nicht, wieviel Uhr es gewesen?‹ – ›Es muß nach Mitternacht gewesen sein; genauer kann ich es nicht bestimmen.‹«

»Nun, und weiter, alter Herr?«

»Nichts weiter; damit ist die Geschichte aus.«

»Pfui! Die Tante ist ein Werwolf gewesen!«

»Ich kann versichern, daß sie eine vortreffliche Dame war. Aber, Klärchen, log einmal Kienäpfel auf!«

»Ja – aber Träumen ist doch nicht Spuken –«

»Ärgere den alten Herrn nicht! Siehst du, ich weiß besser mit ihm umzugehen. Da erscheint der Trank, bei dem der selige Hoffmann seine Serapionsgeschichten erzählte. – Setzen Sie die Bowle vor den Kamin, Martin! – Es ist auch eine halbe Flasche Maraschino dazu, alter Herr!«

»Ich küsse Ihnen die Hand, gnädige Frau.«

»Das verstehen Sie ja gar nicht!«

»Ich kann das eigentlich nicht bestreiten. In meiner Heimat tut man nicht dergleichen; indessen, ich beginne wenigstens schon davon zu reden.«

»Trinken Sie lieber einmal! – Klärchen, damit du was zu tun hast, schenk einmal die Gläser voll!«

»Ich weiß nicht, meine Damen, ob Sie jemals durch die Marsch gefahren sind! Im Herbst und bei Regenwetter will ich es Ihnen nicht gewünscht haben; in trockner Sommerzeit aber kann es keinen besseren Weg geben, der feine graue Ton, aus welchem der Boden besteht, ist dann fest und eben, und der Wagen geht sanft und leicht darüber hin. Vor einigen Jahren führten mich Geschäfte nach der kleinen Stadt T. im nördlichen Schleswig, welche mitten in der nach ihr benannten Marsch liegt. Am Abend war ich in der Familie des dortigen Landschreibers. Nach dem Essen, als die Zigarren angezündet waren, gerieten wir unversehens in die Spukgeschichten, was dort eben nicht schwer ist; denn die alte Stadt ist ein wahres Gespensternest und noch voll von Heidenglauben. Nicht allein, daß allezeit ein Storch auf dem Kirchturm steht, wenn ein Ratsherr sterben soll; es geht auch nachts ein altes glasäugiges dreibeiniges Pferd durch die Straßen, und wo es stehenbleibt und in die Fenster guckt, wird bald ein Sarg herausgetragen. »De Hel« nennen es die Leute, ohne zu ahnen, daß es das Roß ihrer alten Todesgöttin ist, welche selbst zugunsten des Klapperbeins seit lange den Dienst hat quittieren müssen. Von den mancherlei derartigen Gesprächen und Erzählungen jenes Abends ist mir indessen nur eine einfache Geschichte im Gedächtnis geblieben.

»Es war vor etwa zehn Jahren« – so erzählte unser Wirt –, »als ich mit einem jungen Kaufmann und einigen anderen Bekannten eine Lustfahrt nach einem Hofe machte, welcher dem Vater des ersteren gehörte und durch einen sogenannten Hofmann verwaltet wurde. Es war das schönste Sommerwetter; das Gras auf den Fennen funkelte nur so in der Sonne, und die Stare mit ihrem lustigen Geschrei flogen in ganzen Scharen zwischen dem weidenden Vieh umher. Die Gesellschaft im Wagen, der sanft über den ebenen Marschweg dahinrollte, befand sich in der heitersten Laune; niemand mehr als unser junger kaufmännischer Freund.

Plötzlich aber, als wir eben an einem blühenden Rapsfelde vorüberfuhren, verstummte er mitten im lebhaftesten Gespräch, und seine Augen nahmen einen so seltsamen glasigen Ausdruck an, wie ich ihn nie zuvor an einem lebenden Menschen gesehen hatte.

Ich, der ich ihm gegenübersaß, ergriff seinen Arm und schüttelte ihn. ›Fritz, Fritz, was fehlt dir?‹ fragte ich. Er atmete tief auf; dann sagte er, ohne mich anzusehen: ›Das war mal eine schlimme Stelle!‹- ›Eine schlimme Stelle? Es geht ja wie auf der Diele!‹ – ›Ja‹, entgegnete er, noch immer wie im Traum, ›es war doch nicht gut darüber wegzukommen.‹ – Allmählich ermunterte er sich, und sein Gesicht erhielt wieder Leben und Ausdruck; aber er wußte auf unsre Fragen keine andre Antwort zu geben. Dieses kleine Ereignis, was allerdings für den Augenblick die Stimmung etwas herabdrückte, war indessen, nachdem wir den Hof erreicht hatten, durch die Heiterkeit der Umgebung und unsre eigne Jugend bald vergessen. Wir ließen uns durch die alte Wirtschafterin den Kaffee in der Gartenlaube anrichten, wir gingen auf die Fennen, um die Ochsen zu besehen, und nachdem abends die mitgebrachten Flaschen in Gesellschaft des alten Hofmannes geleert waren, fuhren wir alle vergnügt, wie wir ausgefahren waren, wieder heim.

Acht Tage später war unser Freund des Nachmittags im Auftrage seines Vaters nach dem Hofe hinausgeritten. Am Abend kam sein Pferd allein zurück. Der alte Herr, der eben aus seinem L'hombre-Klub nach Hause gekommen war, machte sich sogleich mit allen seinen Leuten auf, um nach seinem einzigen Sohn zu suchen. Als sie mit ihren Handlaternen an jenes blühende Rapsfeld kamen, fanden sie ihn tot am Wege liegen. Was die Ursache seines Todes gewesen, vermag ich nicht mehr anzugeben.‹‹‹

Und geht es noch so rüstig
Hin über Stein und Steg,
Es ist eine Stelle im Wege,
Du kommst darüber nicht weg.

»Aha! Unser poetischer Freund improvisiert.«

»Das nicht, Herr Assessor; der Vers ist schon gedruckt. Aber Klärchen scheint wieder mit meiner Geschichte nicht zufrieden zu sein; sie rührt mir gar zu ungeduldig in der Bowle.«

»Ich? – Da hast du ein Glas Punsch! – Ich sage schon gar nichts mehr.«

»Nun, so höre!«

»Mein Barbier – von dem hab ich diese Geschichte – ist der Sohn eines Tuchmachers.

Als der Vater noch jung war, kam er eines Abends auf seiner Gesellenwanderung in eine kleine schlesische Stadt. Auf der Herberge erfuhr er, daß er bei einem der ältesten Meister in Arbeit treten könne. – »Will nur hoffen, daß es mit dir Bestand haben wird«, setzte der

Herbergswirt hinzu. – »Mit Gunst, Herr Vater«, entgegnete der Gesell, »traut Ihr mir nicht, oder fehlt's da wo im Hause bei den Meistersleuten?« – Der Wirt schüttelte den Kopf. – »Was denn aber, Herr Vater?« – »Es ist nur«, sagte der Alte, »seit die da drei Gesellen haben wollen, ist der dritte nach Monatsfrist allzeit wieder fremd geworden.«

Unser Geselle ließ sich das nicht anfechten, sondern ging noch an demselben Abend zu seinem neuen Meister. Er fand ein paar alte Leute, die ihn freundlich ansprachen, und zur Stärkung nach der Wanderung ein solides bürgerliches Abendbrot. Als es Schlafenszeit war, führte der Meister ihn selbst durch einen langen Gang des Hintergebäudes in das obere Stockwerk und wies ihm dort seine Schlafkammer an. Der Gelaß für die beiden andern Gesellen befinde sich unten; es sei aber darin nicht Platz für ein drittes Bett.

Als der Meister ihm gute Nacht gewünscht, stand der junge Mann noch einen Augenblick und horchte, wie sich die Schritte des Alten über die Treppe hinab entfernten und dann unten in dem langen Gange allmählich verloren. Hierauf besah er sich sein neues Quartier. – Es war eine lange, äußerst schmale Kammer mit kahlen weißen Wänden; unten, die ganze Breite der Querwand einnehmend, stand das Bett; da neben ein kleiner Tisch und ein kleiner Stuhl aus Föhrenholz; das war die ganze Ausstattung. Das einzige, sehr hohe Fenster mit kleinen, in Blei gefaßten Scheiben schien, soviel er bei dem Mondschein draußen erkennen konnte, nach einem großen Garten hinaus zu liegen. – Aber er hatte das alles mit schon träumenden Augen angesehen, und nachdem er sich unter das derbe Deckbett gestreckt und das Licht ausgelöscht hatte, fiel er bald in einen tiefen Schlaf.

Wie lange derselbe gedauert, konnte er später nicht angeben; er wußte nur, daß er durch ein Geräusch, das mit ihm in der Kammer war, auf eine jähe Art erweckt worden sei. Und bald hörte er deutlich ein Kehren wie mit einem scharfen Reisbesen, das von der Richtung des Fensters her allmählich sich nach der Tiefe der Kammer zu bewegte.

Er richtete sich auf und blickte mit aufgerissenen Augen vor sich hin; die Kammer war fast hell vom Mondschein; die eine Wand war ganz davon beleuchtet; aber er vermochte nichts zu sehen als den völlig leeren Raum.

Plötzlich, und ehe es noch ganz in seine Nähe gekommen, war alles wieder still. Er horchte noch eine Weile und suchte sich vergebens einen Vers darauf zu machen; endlich, ermüdet wie er war, fiel er aufs neue in einen festen Schlaf.

Am andern Morgen, als zwischen ihm und dem Meister die Sache zur Sprache kam, erfuhr er von diesem, daß allerdings einzelne, welche vor ihm in der Kammer geschlafen, ein Ähnliches dort gehört haben wollten; es sei indes immer nur zur Zeit des Vollmonds gewesen und übrigens niemandem etwas dadurch zu nahe geschehen. – Der junge Tuchmacher ließ sich beruhigen; und in den Nächten, die nun folgten, wurde auch sein Schlaf durch nichts gestört. Dabei ging ihm im Hause alles nach Wunsch; Arbeit und Verdienst war regulär, und auch mit seinen beiden Nebengesellen hatte er sich auf guten Fuß gestellt.

So ging ein Tag nach dem andern hin, bis endlich wieder die Zeit des Vollmonds herangekommen war. Aber er hatte nicht darauf geachtet, denn es war schwere, bedeckte Luft, und kein Schein fiel in die Kammer, als er sich am Abend schlafen legte. – Da plötzlich erweckte ihn wieder jener schon halbvergessene Ton. Eifriger noch und schärfer, so dünkte es ihn, als das erstemal kehrte und fegte es bei ihm in der Kammer, und seltsamerweise, jetzt, wo es fast dunkel war, meinte er gegen das Fenster hin einen sich bewegenden Schatten zu sehen. Aber, wie zuerst, wurde auch jetzt nach einer Weile alles wieder still, ohne daß es sein Bett erreicht oder daß er etwas Genaueres zu erkennen vermocht hätte. Er konnte indessen diesmal den Schlaf so bald nicht wiederfinden und hörte vom Kirchturm eine Stunde nach der andern schlagen; endlich brach draußen der Mond durch die Wolken und schien in die Kammer, aber er beleuchtete nur die nackten Wände.

Der Gesell, so wenig angenehm ihm diese Dinge waren, beschloß bei sich, gegen jedermann zu schweigen, am wenigsten aber sich von jenem Unheimlichen vom Platze verdrängen zu lassen. – Wie gewöhnlich gingen auch die nun folgenden Nächte ohne Störung vorüber. – Nach Verlauf eines Monats kehrte er spät in der Nacht von einem benachbarten Orte zurück, wohin ihn sein Meister mit einem Geschäftsauftrage gesandt hatte.

Er ging, als die Stadt erreicht war, nicht durch die Straßen, sondern an der Stadtmauer entlang, um durch den Garten in das Hinterhaus zu gelangen, wozu er den Schlüssel von seinem Meister erhalten hatte. Es war heller Mondschein. Schon in der Nähe des Hauses, während er zwischen den Rabatten auf dem geraden Steige des Gartens entlangging, warf er zufällig einen Blick nach dem Fenster seiner Kammer hinauf. – Da saß oben ein Ding, ungestalt und molkig, und guckte durch die Scheiben in den Garten hinab.

Der junge Mann verlor plötzlich die Lust, mit solcher Gesellschaft noch länger in Quartier zu liegen. Er kehrte um und suchte sich für diese Nacht ein Unterkommen in der Herberge. Am andern Morgen aber – so erzählte mir sein Sohn – nahm er seinen Abschied und verließ die Stadt, ohne jemals erfahren zu haben, womit er so lange in einer Kammer gehaust habe.«

»Kann ich mir auch nichts bei denken.«

»Geht mir ebenso, alter Herr.«

»Ich dächte doch, das wäre eine echte rechte Spukgeschichte; oder was fehlt denn noch daran?«

»Sie hat keine Pointe.«

»So? – – Aber ein Teil dieser Geschichten tritt eben mit dem Reiz des Rätsels an uns heran und drängt uns, den Dingen nachzuspüren, die, wenngleich selber längst vergangen, noch solche Schatten aus dem leeren Raume fallen lassen.«

»Nun, und Ihre Geschichte?«

»Will ich ganz dem Scharfsinn der Damen überlassen und Ihnen lieber etwas anderes erzählen, wo ein solcher Zusammenhang sich von selbst ergibt, indem der Reflex der Begebenheit mit dieser selbst scheinbar in einen Moment zusammenfällt.«

»Auf dem Gymnasium zu H. hatte ich einen Schulkameraden, einen fleißigen und geschickten Menschen, mit welchem ich, da er in meiner Nachbarschaft wohnte, in fast täglichem Verkehr lebte.

Als er eben in Sekunda eingetreten war, starb der Vater, welcher ein kleines städtisches Amt bekleidet hatte, und hinterließ Sohn und Witwe in den bedrängtesten Umständen. – Mit Hülfe von Stipendien, deren es dort viele gab, hätte mein Freund dessenungeachtet wohl seinen Plan, die Rechte zu studieren, durchführen können; aber der lebhafte Wunsch, schon jetzt etwas zu verdienen und dadurch die letzten Jahre seiner alternden Mutter zu erleichtern, veranlaßte ihn, vom Gymnasium abzugehen und auf dem dortigen Amtshause als Lohnschreiber einzutreten. Unser Umgang wurde dadurch nicht unterbrochen; wir machten wie sonst des Mittags unsern gemeinschaftlichen Spaziergang, und abends, wenn er aus seiner

Kanzlei nach Hause gekommen war, saßen wir in dem von ihm und seiner Mutter gemeinschaftlich bewohnten Zimmer und nahmen miteinander die Lektionen durch, welche am folgenden Tage in der Schule vorkommen sollten; denn er hatte seine Lebenspläne keineswegs gänzlich aufgegeben, und wo der Abend nicht reichte, nahm er unbedenklich die Nacht zu Hülfe. So habe ich manche Stunde dort verbracht in gemeinsamer Arbeit oder in gemütlichem Gespräch. Die Mutter pflegte mit ihrem Strickzeug neben uns vor der kleinen Lampe zu sitzen. Ich sehe noch das stille, etwas kränkliche Gesicht, wenn sie mitunter von der Arbeit aufblickte und mit einem Ausdruck der Sorge und der zärtlichsten Verehrung die Augen auf ihrem einzigen Kinde ruhen ließ. Er nahm dann wohl, wenn er es bemerkte, ihre blasse Hand und hielt sie fest in der seinigen, während er in dem vor ihm liegenden Buche weiterlas. Aber es ging dann nicht wie sonst, es war, als wenn die Zärtlichkeit für seine Mutter ihm die Gedanken zerstreute, und ich erinnere mich noch, wie ihm bei solchem Anlaß plötzlich die Tränen aus den Augen sprangen und er dann mit einem Lächeln und einem kurzen Blick auf sie ihre Hand sanft in ihren Schoß zurücklegte. Es war eine Luft des Friedens und der Stille in diesem Zimmer, wie ich sie nirgend sonst empfunden habe. An der einen Wand stand ein altes dürftiges Klavier; mitunter sangen wir daran; dann legte die alte Frau ihr Strickzeug in den Schoß, und war es zufällig eine Melodie aus ihrer Jugend, so stand sie auch wohl auf und ging mit unhörbaren Schritten und leise vor sich hinsummend im Zimmer auf und ab. Wenn es aber an der Wand auf der kleinen Schwarzwälder Uhr zehn geschlagen hatte, begann sie allmählich einen unruhigen Blick auf die große dunkle Gardinenbettstelle zu werfen, die im Hintergrunde des geräumigen Zimmers stand. Dann nahmen wir unsre Bücher, sagten ihr gute Nacht und gingen eine Treppe tiefer in die kleine Schlafkammer ihres Sohnes, wo wir noch einige Stunden unsre Studien fortzusetzen pflegten.

Sie mochte dann schon ruhig in dem oberen Zimmer schlummern; denn es lag nach einem inneren Hofe, wo die nächtliche Ruhe durch nichts gestört wurde.

Aber dieses Leben mit seinem bescheidenen Glücke sollte nach einigen Jahren sein Ende erreichen. Kurz vor meinem Abgang zur Universität erkrankte die Mutter. Es war der Keim des Todes, der lange schon in ihr gelegen und nun zur Entfaltung kam; weder sie noch ihr Sohn verkannten das. Auf ihren Wunsch besuchte ich sie noch einmal, ehe ich abreiste. Das sonst so freundliche Zimmer war jetzt düster und öde, die Fenster tief verhangen, und aus den Kissen unter dem dunklen Betthimmel sah das leidende Gesicht der guten Frau. Während ihre magere Hand die meinige ergriff, sagte sie nur: »So leben Sie denn recht wohl!« Aber wir fühlten beide, daß das ein Abschied für das Leben sei.

Was nun folgt, habe ich später aus dem Munde meines Freundes gehört; denn ich selbst verließ schon am Tage darauf die Stadt. – Er hatte sich, als die Schwäche der Mutter plötzlich in ungewöhnlicher Art zugenommen, die Erlaubnis ausgewirkt, seine Arbeiten im Hause zu fertigen, und saß nun im Krankenzimmer an dem entlegensten Fenster, von dem er ein wenig die Gardine zurückgeschlagen, bald emsig schreibend, bald einen sorglichen Blick nach den dunklen Vorhängen des Bettes hinüberwerfend. Wenn die Mutter wachte, saß er in dem alten Lehnstuhl vor ihrem Bett und sprach leise zu ihr oder las ihr aus der Bibel vor; oder er war nur bei ihr, daß ihre Augen zärtlich auf ihm ruhen konnten. Dort blieb er auch des Nachts sitzen, und wenn die Kranke im Anschauen seines blassen, überwachten Antlitzes ihn bat: »Georg, leg dich schlafen! Georg, du hältst es ja nicht aus!« oder wenn sie ihm versicherte: »Geh nur; gewiß, es hat heut nacht noch nicht Gefahr«, so faßte er nur um so fester die heiße Hand der Mutter, als müsse sie gerade jetzt, wenn er sich entfernen wollte, ihm entrissen werden.

Eines Nachts aber, da eine Linderung der Schmerzen eingetreten war und da er sich kaum mehr aufrecht zu erhalten vermochte, hatte er sich dennoch überreden lassen. – Unten in seiner Kammer lag er unausgekleidet auf seinem Bette; traumlos, in tiefem, bleiernem Schlaf. Oben beim Schein der Nachtlampe in sanftem Schlummer hatte er die Mutter zurückgelassen.

Währenddes verging die Nacht, und der Tag fing eben an zu grauen, da wurde er plötzlich wie mit sanfter Gewalt aus dem Schlaf emporgezogen. Als er aufblickte, sah er die Tür der Kammer geöffnet und eine Hand, die mit einem weißen Tuch zu ihm hereinwehte. Unwillkürlich sprang er vom Bett auf; aber er hatte sich geirrt, die Tür seiner Kammer war eingeklinkt, wie er in der Nacht sie aus der Hand gelassen. Fast ohne Gedanken ging er die Treppe zu dem Krankenzimmer hinauf. – Es war still drinnen, die Nachtlampe war herabgebrannt, und unter dem dunklen Betthimmel fand er beim trüben Schein der Dämmerung die Leiche seiner Mutter. Als er sich bückte, um die Hand der Toten an seinen Mund zu drücken, die über den Rand des Bettes herabhing, faßte er zugleich ihr weißes Schnupftuch, das sie zwischen den geschlossenen Fingern hielt.«

»Und Ihr Freund? – Wie ist es dem ergangen?«

»Es ist ihm gut ergangen; denn er hat nach mancher Not und schweren Arbeit seinen Lebensplan verwirklicht; und er lebt noch jetzt wie unter den Augen und in der Gegenwart seiner Mutter; ihre Liebe, die sie so ohne Rückhalt ihm im Leben gab, ist ihm ein Kapital geworden, das auch in den schwersten Stunden ihn nicht hat darben lassen.«

»Aber Klärchen, was hältst du denn die Hände vor den Augen?«

»Oh – mir graut nicht.«

»Aber du weinst ja!«

»Ich? – – Warum erzählst du auch so dumme Geschichten!«

»Nun! So mag es denn die letzte sein; ich wüßte für heute auch nichts Besseres zu erzählen.«

2

»Aber es ist noch einmal wieder Sommer geworden, alter Herr! Wo bleiben da unsre Geschichten? Ein Kaminfeuer läßt sich doch bei sechzehn Grad Wärme nicht anzünden!«

»Gnädige Frau, wenn es auch wetterleuchtet draußen, wir sind immerhin schon dicht an den November. Der Teetisch tut es auch für heute; lassen Sie nur den Kessel sausen, ich meinerseits bin mit dem Akkompagnement zufrieden. Freilich –«

»Was denn freilich?«

»Wenn der Teekessel ein Vertreter des häuslichen Herdes sein soll, so muß er unbedingt auf einem Kohlenbecken kochen; und zwar auf Torfkohlen, gehörig durchgeglühten. Das hält auch besser Dauer als jene ungemütliche Maschinerie.«

»Nun, alter Herr, es soll mir auf ein Kännchen Sprit nicht ankommen!«

»Bleibt aber doch immerhin die Apothekerflamme der Berzeliuslampe! – Indessen, da es hierorts weder einen Torf noch einen

Teekomfort gibt – Sie kennen das Ding wohl nicht einmal? –, so akzeptiere ich das Kännchen Sprit.«

»Nun, so tun Sie Ihre Mauskiste auf. Was haben Sie zu erzählen?«

»Ich habe heute, da ich an einem neueröffneten Putzladen vorbeiging, lebhaft einer alten Freundin in der Heimat gedenken müssen. Sie war die Tochter eines Handwerkers aus einem Nachbarstädtchen und wohnte längere Zeit in einem meinen Eltern gehörigen Häuschen, dessen Hof an den Garten unsres Wohnhauses grenzte. Sehr gegen ihre Neigung suchte sie ihren Unterhalt durch Putzarbeiten zu erwerben, die sie für die weibliche Bevölkerung der Umgegend verfertigte. Auch verhehlte sie sich keineswegs, daß ihr die Sache ziemlich übel von der Hand ging; und wenn sie nur irgend Feierabend machen konnte, schloß sie die verhaßte Arbeit in die Kommodenschublade und nahm statt dessen eins ihrer geliebten Bücher zur Hand, oder sie griff auch wohl selbst zur Feder und brachte eine kleine Geschichte oder irgendeinen sinnigen Gedanken zu Papier. Die Beschränktheit ihrer Lebensverhältnisse, verbunden mit dem Drang, allerlei feingeistige Nahrung zu sich zu nehmen – denn Rahels Briefe waren ihre Lieblingskost –, hatten eine seltsame, aber nicht uninteressante Auffassung der Dinge bei ihr hervorgebracht; und wir haben über das Gartenstaket hinweg manch kurzweiliges Plauderstündchen miteinander abgehalten.«

»Hans!«

»Was denn, Frau?«

»Du verdunkelst da etwas. – Durch jenes Häuschen führte ein Richtweg nach der Hauptstraße; und neben dem Wege war das Stübchen der Putzmacherin. Gesteh es nur, Hans; dort hast du gesessen, zwischen Lilien und Rosen!«

»Aber, meine Damen, meine Freundin war keineswegs eine Sandsche Geneviève, sondern eine gesetzte, hagere Person von fünfundvierzig Jahren!«

»Aber sie hatte noch sehr blanke, braune Augen, Hans, und die lebhafte Röte ihres Angesichts zeugte von der Erregbarkeit ihres Herzens, und wenn sie mir damals auch in gewählten Worten ihre Freude über unsre Verlobung aussprach, weil der böse Leumund die Besuche des jungen Mannes nun nicht mehr mißdeuten könnte, so habe ich doch darin das verhüllte Bekenntnis gegenseitiger Neigung nicht verkennen können.«

»Ich will unsre beiderseitige Zuneigung keineswegs herabsetzen. Jene Äußerung meiner Freundin aber dürfte wohl nur von einer übermäßigen Jungfräulichkeit herrühren, wie sie durch ein zu langes Verweilen im ledigen Stande mitunter hervorgetrieben wird. Denn als sie später dennoch sich verheiratete und zum Erstaunen der Welt eines tüchtigen Knaben genas, hat sie sich anfänglich nicht überwinden können, den Jungen an die Brust zu legen, weil, wie sie sich ausdrückte, das Kind andern Geschlechts sei.«

»Hans! – – Du lügst ja; sie hat sich ja gar nicht verheiratet.«

»Nicht? – Nun, da verwechsle ich die Geschichte. Sei dem, wie ihm wolle, diese meine Freundin, der ich ein treues Gedächtnis bewahre, war im Heimlichen wie im Unheimlichen sehr zu Hause. Von ihren mancherlei Geschichten ist mir indessen – verzeih, Klärchen! – nur ein Traum im Gedächtnis geblieben!«

»Es existierte – so erzählte sie mir –, vorzeiten in unsrer Gegend eine reiche holländische Familie, welche allmählich fast alle großen Höfe in der Nähe meiner Vaterstadt in Besitz bekommen hatte – vorzeiten, sage ich; denn das Glück der van A... hatte nicht standgehalten. In meiner Kindheit lebte von der ganzen Familie nur noch eine alte Dame, die Witwe des längst verstorbenen Pfenningmeisters van A..., die übrigen Glieder der Familie waren gestorben, zum Teil auf seltsame und gewalttätige Weise ums Leben gekommen; und von den ungeheuren Besitzungen war nur noch ein altes Giebelhaus in der Stadt zurückgeblieben, in welchem die Letzte dieses Namens den Rest ihrer Tage in Einsamkeit verlebte. Ich habe sie damals oft gesehen, das schmale, scharfgeschnittene Gesicht von dem dichten Haubenstriche eingefaßt; aber wir Kinder hatten Scheu vor ihr, es lag etwas in ihren Augen, das uns erschreckte.

Auch ging allerlei unheimliches Gerede, nicht allein über den Erwerb des Vermögens in früherer Zeit, sondern auch über die Mittel, durch welche der verstorbene Pfenningmeister den Ruin desselben aufzuhalten versucht habe. Ob es ein Mißbrauch seines Amtes oder was es sonst gewesen sein sollte, erinnere ich mich nicht mehr; wohl aber, daß man die überlebende Witwe als die eigentliche Urheberin davon betrachtete. Gleichwohl war es immer eine Art Fest für mich, wenn ich, wie dies wohl bei einer Bestellung für meine Eltern geschah, einige Minuten in ihrem hohen, mit altmodischen Seltsamkeiten angefüllten Zimmer verweilen durfte. Ich sehe sie noch vor mir, wie sie neben dem Glasschrank strack und steif in ihrem Lehnstuhl saß, zwischen Schriften und Rechnungsbüchern umhertastend oder ein großes Strickzeug mit ihren hageren Fingern bewegend. Nur einmal habe ich einen andern Menschen als ihre alte Magd bei ihr angetroffen; und die kurze Szene, von der ich damals Augenzeuge wurde, machte auf mich einen tiefen Eindruck, ohne daß ich mir über die Bedeutung derselben klarzuwerden vermocht hätte. Es war ein zerlumptes Weib aus der Stadt, das vor der alten Dame stand. Bei meinem Eintritt warf sie ihr einen harten Speziestaler vor die Füße und ging dann unter höhnenden, leidenschaftlichen Worten zur Tür hinaus. Die Frau van A..., die nichts darauf erwidert hatte, stand jetzt von ihrem Lehnstuhl auf und ging, ohne von mir Notiz zu nehmen, eine lange Weile im Zimmer auf und ab, indem sie die Hände umeinanderwand und halblaute klagende Worte hervorstieß. – Plötzlich eines Morgens hieß es, daß sie gestorben sei, und schon am Nachmittag wußte ich mich in das Sterbehaus zu schleichen und betrachtete durch das Fenster der Stubentür mit einem aus Grauen und Neugier gemischten Gefühle das wachsbleiche Gesicht, das aus dem weißen Kissen der Alkovenbettstelle hervorragte. Dann nach einigen Tagen kam die Begräbnisfeier; ich verspeiste mit großem Appetit die leckeren Butterkringel, die beim Leichenschmaus in der Nachbarschaft verteilt wurden, und sah von unsern Treppensteinen aus den mit schwarzem Tuch bezogenen Sarg aus dem alten Hause hinaus- und die lange Straße hinabtragen

Einige Wochen später träumte mir, daß ich in der Dämmerung auf unserm langen Hausflur spielte. Bei der immer stärker hereinbrechenden Dunkelheit überfiel mich mit einem Male ein Gefühl von Einsamkeit, und ich wollte eben in die Stube zu meiner Mutter gehen, als ich die Haustürglocke schellen und die alte Frau van A... hereintreten sah. Ich war mir vollständig bewußt, daß sie tot sei, und schlüpfte, da sie näher kam, nur kaum an ihr vorbei in die Wohnstube, wo meine Mutter eben das Licht angezündet hatte. Während ich zu ihr lief und mich an ihrer Schürze festhielt, bemerkte ich, daß die Verstorbene in eine bunte Nachtjacke und einen weißen wollenen Unterrock gekleidet war, wie ich sie in frühen Morgenstunden wohl mitunter gesehen hatte. Sie ging auf den kleinen, in die Wand gemauerten Beilegeofen zu und streichelte mit zitternden Händen die daran befindlichen Messingknöpfe; dabei wandte sie den Kopf zu

meiner Mutter und sagte mit einer traurigen Stimme: »Ach, Frau Nachbarin, darf ich mich wohl ein bißchen wärmen? Mich friert so sehr!« Und als sie leise vor sich hinseufzend noch eine Weile stehenblieb, bemerkte ich, daß unten der Saum ihres wollenen Rockes an mehreren Stellen angebrannt war. – – Wie der Traum ausgegangen, weiß ich nicht; ich dachte am andern Morgen nicht eben lange daran und sagte auch niemandem davon. Aber er erneuerte sich. – Einige Nächte darauf träumt mir, daß ich abends wie gewöhnlich mit meiner Näharbeit neben meiner Mutter in der Stube sitze, da schellte es draußen an der Haustür. »Sieh zu, wer da ist!« sagte meine Mutter; und als ich die Tür öffne, um hinauszusehen, steht wieder die Frau van A... vor mir, in derselben Kleidung, wie ich sie das vorige Mal gesehen. Von dem entsetzlichsten Grauen befallen, springe ich zurück und krieche längs der Wand unter den großen Tisch, welcher in der Ecke am Fenster stand. Wie das erste Mal ging die Frau, leise vor sich hinjammernd, an den Ofen. »Mich friert, ach, wie mich friert!« sagte sie, und ich hörte deutlich, wie ihre Zähne aufeinanderschlugen. Bei dem Schein des auf dem Tische stehenden Lichtes bemerkte ich jetzt auch, daß sie bloße Füße hatte, aber seltsamerweise, es waren große Brandwunden an denselben, und auch der wollene Rock war heute weit mehr verbrannt als in der vorigen Nacht. Und dabei stand sie fortwährend und klammerte sich mit den Händen an den Ofen, nur mitunter einen Seufzer oder ein tiefes Stöhnen ausstoßend.
Der Traum wollte mich diesmal am Morgen nicht wieder verlassen. Während des Frühstücks duldete mein Vater nicht, daß irgend etwas Aufregendes oder Unangenehmes von uns vorgebracht wurde. Als aber später meine Mutter aufstand und in die Küche ging, folgte ich ihr und erzählte ihr dort genau, was mir in den beiden Nächten geträumt hatte. Ich sehe noch die Bestürzung, die sich während meiner Erzählung in ihrem Gesicht ausdrückte. Ich hatte kaum geendet, als sie die Hände über dem Kopf zusammenschlug und in ihrer plattdeutschen Mundart ausrief: »Herr Gott im Himmel, ganz min egen Droom!« – Dann erzählte sie mir, wie sie in denselben Nächten im Traum genau dasselbe erlebt hatte wie ich. – – Später hat sich indessen der Traum bei uns nicht wiederholt.«
»Woher ist die tote Frau gekommen?«
»Ich kann Ihnen hierauf leider keine Antwort geben.

Aber zwei andre Fragen treten bei dieser Geschichte, an deren Wahrheit ich keinen Grund zu zweifeln habe, wenigstens an mich noch näher heran. War der eine Traum nur die Quelle des andern, wie das bei dem Wolfe so augenscheinlich der Fall zu sein scheint, oder gab es noch ein Drittes, worin dieselben ihren gemeinsamen Ursprung hatten? —

Lassen Sie mich Ihnen indessen sogleich noch einen andern Vorfall erzählen.

Vor einigen Jahren verlebte ich, wie Sie wissen, mit meiner Frau ein paar Wochen auf dem Gute meines Bruders. Wenn wir des Tags zwischen Wiesen und Kornfeldern umhergeschlendert oder auch wohl mit den Kindern in den nahen Wald gefahren waren, so stand abends im Hause ein sehr behaglicher Teetisch für uns bereit, an dem sich auch wohl der eine oder andre von den benachbarten Hofbesitzern einzufinden pflegte. Bei solcher Veranlassung beklagte sich eines Abends mein Bruder gegen seinen nächsten Gutsnachbar, einen Mann, mit dem es sich sehr angenehm plauderte, daß ihm seit einiger Zeit fortwährend kleine Quantitäten Frucht von seinem Boden abhanden gekommen, ohne daß er den Dieb zu entdecken vermocht hätte. Nachdem alles durchgesprochen war, was etwa zur Aufklärung der Sache dienen mochte, sagte Herr B..r: ›Mir selbst ist es in einem ähnlichen Falle nach dem Sprichwort ergangen: Gott gibt's den Trägen im Schlaf.‹ – Auf näheres Befragen erzählte er dann folgendes:

»Wie Sie wissen, pflegte ich die zu meinem Haferboden führende Falltür jeden Abend mit einem Vorlegeschloß zu verschließen und den Schlüssel beim Zubettgehen mit in meine Schlafkammer zu nehmen. So habe ich es schon seit vielen Jahren gehalten.

In dem Herbste, ehe Sie im Frühjahr darauf in unsre Nachbarschaft kamen, bemerkte ich mehrfach, wenn ich des Morgens auf den Boden kam, daß in der Nacht jemand, und zwar in scheinbarer Hast, über dem Hafer gewesen sei. Denn es war bald an dem einen, bald an dem andern Ende des Haufens darin gewühlt, und eine Menge Körner lagen unordentlich über die Dielen zerstreut, was ich an den Abenden vorher, wo ich zufällig auch dort gewesen war, nicht bemerkt hatte. Mein erster Gedanke war, daß mein Kutscher, dem ich seit einiger Zeit, zu seinem großen Ärger, die Rationen für die Pferde etwas beschränkt hatte, aus Liebe zu dem armen Viehzeug zum Spitzbuben geworden sei. Allein aus verschiedenen Gründen mußte ich den Verdacht aufgeben.

Da träumte mir eines Nachts, ich stehe im Mondschein auf dem Haferboden am Fenster. Wie ich dahin gelangt sein sollte, wußte ich nicht anzugeben; denn es war mir sehr wohl bewußt, daß die Falltür verschlossen sei. Plötzlich höre ich unter derselben einen Schlüssel in dem Vorlegeschloß umdrehen; gleich darauf hebt sich die Tür, und ich sehe bei der in dem Raume herrschenden Mondhelle das Gesicht eines Menschen von der Treppe her auftauchen, in dem ich deutlich einen alten Arbeiter erkannte, der schon seit vielen Jahren bei mir gearbeitet und den ich in keiner Weise in Verdacht gehabt hatte. Während er noch mit dem Arm die Tür zurückdrängt, scheint auch er mich gewahr zu werden, denn die Tür fällt wieder zu, und ich sehe nichts mehr.

Aber ich erwache. Das Gesicht war so lebhaft gewesen, daß mir das Herz klopfte, und dabei schien der Mond so grell in die Kammer; gerade wie ich es im Traum gesehen. Ich wollte aufstehen und die Sache sogleich untersuchen, aber ich schalt mich eben Narren; auch war es kalt draußen, über den Hof zu gehen, und das Bett war so behaglich warm. Mit einem Wort, ich konnte mich nicht überwinden und schlief endlich wieder ein.

Am andern Morgen, als ich beim Frühstück saß, trat der alte Martin zu mir in die Stube. Er sah verstört aus, drehte seine Mütze in den Händen und stand eine ganze Weile vor mir, ohne ein Wort hervorbringen zu können. »Jagen Sie mich nicht fort, Herr«, sagte er endlich, »es ist aus großer Not geschehen.« – »Wie meint Er das, Martin?« fragte ich. – Er sah mich an. »Ich wollte auch schon sogleich auf den Boden zurück«, sagte er dann, »aber ich war so sehr erschrocken, als ich Sie da so am Fenster stehen sah.« – Während ich in diesem Augenblick vielleicht nicht weniger erschrak, erfuhr ich nach und nach die näheren Umstände des Diebstahls und die unglücklichen Verhältnisse, die den bisher ehrlichen Mann zum Verbrecher gemacht hatten.«

Hier schwieg der Erzähler. Von meinem Bruder erfuhr ich später, daß er dem alten Martin damals gründlich geholfen und ihn auch bis zu dessen Tode auf dem Hofe behalten hat. – – Da hätten wir also eine Geschichte, wo der Wachende durch den Träumenden zum Visionär wird. – Aber der Tee dürfte indessen fertig sein; vielleicht ist Klärchen so gütig?«

»Aber was sehen Sie denn so in die Tasse, alter Herr? Er ist vorschriftsmäßig präpariert.«

»O der! Der prophezeit aus der Teetasse oder vielmehr aus der Tasse Tee wie die Hexe aus dem Kaffeesatz. Nämlich nicht etwa das Schicksal, sondern den Bildungsgrad der Familie, in der die Tasse präsentiert wird; und wenn wir hier nicht so ganz unzweifelhaft gebildete Leute wären, ich glaube, er wäre imstande, mitunter daran zu zweifeln.«

»Was ist das, alter Herr! Verteidigen Sie sich, oder – prophezeien Sie lieber einmal; Sie haben die Tasse ja in Händen.«

»Meine gnädigste Frau, Sie werden mir zugehen, daß, so wie das Bier der Feind, so der Tee der Freund der denkenden Menschen ist; und es dürfte daher die Art, wie dieser Freund in einem Hause be- respektive mißhandelt, wie er serviert und genossen wird, zu allerlei nicht gar zu fehltreffenden Schlußfolgerungen in der angedeuteten Beziehung berechtigen.«

»Das ist ja aber eine ganz unverschämte Theorie!«

»Ich will mich schlafen legen; denn jetzt folgt das ganze Rezept der Teebereitung.«

»Nein, Kläre, es folgt nicht, obgleich so etwas von einem Küstenmenschen zu hören euch hier nur ersprießlich sein könnte.«

»Seien Sie nicht so grob, alter Herr!«

»Ich bestrafe mich durch Schweigen. Aber Herr T. wird Ihnen die Geschichte erzählen, die ich ihm schon seit lange am Gesichte angesehen habe.«

»Sie haben nicht fehlgesehen; es ist mir allerdings etwas eingefallen, das sich dem vorhin Erzählten anschließt, nur daß es noch um einen Schritt darüber hinausgeht.«

»Wir sind bereit zu hören.«

»Als ich vor einigen Jahren, es war um Ostern, in B. in Garnison stand – so erzählte mir der Hauptmann von K. –, wollten die dortigen Offiziere einer schönen Fremden einen Abschiedsball geben, mit der wir den Winter über viel und gern getanzt hatten. Eine unumgängliche Reparatur war Veranlassung, daß wir auf den Saal des Kasinos verzichteten und uns nach einem andern Lokal umtun mußten. Das hatte indessen in B., das an dergleichen Räumlichkeiten etwa nicht reich ist, seine Schwierigkeiten. Es wurde ein Komitee von vier Festordnern niedergesetzt, zu denen auch ich gehörte, und demselben das ganze Arrangement der Sache, vor allem aber die Aufspürung des Ballsaales, aufgetragen. Endlich nach vielen Bemühungen war er gefunden; in einem großen, ziemlich baufälligen Hause der Vorstadt, das in früheren Jahren, als B. noch Universitätsstadt war, zum öffentlichen Tanzlokale gedient hatte. Jetzt wurde es in seinen oberen Räumlichkeiten als Kornspeicher benutzt; der ungeheure Saal selbst stand gegenwärtig leer und ungebraucht. Aber mochte er schon in seinen besten Zeiten sich nur einer bescheidenen Ausrüstung erfreut haben, jetzt, mit den vor Feuchtigkeit triefenden Wänden, mit der dumpfen Luft hinter den geschlossenen Fensterläden dünkte er mich beim ersten Eintritt in der Tat wie ein große Gruft. Desto mehr gab es für uns zu tun; denn wodurch ließe sich ein tanzlustiges Offizierskorps wohl entmutigen. Es gab indessen ein neues Hindernis zu überwinden. Der Pächter des Hauses hatte eben eine Quantität Korn gekauft, welche in den nächsten Tagen auf dem Saal gelagert werden sollte, da die Böden so gut wie besetzt waren. Wir ließen uns auch das nicht anfechten; wir gingen zu dem Herrn Agenten, wir plauderten mit ihm, wir machten uns liebenswürdig und brachten es auch wirklich dahin, daß der nachgiebige Mann, augenscheinlich wider bessere Einsicht, das Korn in den oberen Räumen des Gebäudes unterbringen ließ. Dann wurden Maurer, Tischler, Tapezierer in Arbeit gesetzt; in dem alten Saale wurde gelüftet, gehämmert, drapiert und gestrichen; und täglich ging einer oder der andre von uns dahin, um die Arbeiten zu beaufsichtigen und anzuordnen. – Plötzlich, zu meinem großen Bedauern, wurde ich nach H. abkommandiert. Da war kein Ausweg, ich mußte auf den Ball verzichten. An meiner Stelle trat auf meinen Vorschlag der Hauptmann von L. in das Festkomitee, mein ältester und intimster Jugendfreund.

Ein paar Tage nachdem ich meinen neuen Bestimmungsort erreicht hatte, saß ich eines Nachmittags, mit Briefschreiben beschäftigt, auf meinem Zimmer. Ich schrieb an L., den ich um die Nachsendung einiger Effekten und die Bezahlung einiger kleiner Schulden ersuchen wollte. Ich hatte auch sonst noch so manches auf dem Herzen, was ich dem Freunde mit teilen mußte. So saß ich, ganz in meinen Brief vertieft. Als ich aber zufällig einmal die Augen aufschlage, sehe ich zu meiner Verwunderung L. selbst in der Ecke des Zimmers stehen und mit sonderbar ausdruckslosen Augen nach mir hinstarren. Er sprach nicht; aber er führte mit einer schwerfälligen Gebärde die Hand an die Lippen und schien sich damit etwas aus dem Munde zu ziehen. Es kam mir vor, als ob es Getreidekörner seien. Indem ich aber die Augen anstrengte, um schärfer zu scheu, wurde die Gestalt undeutlich, und bald sah ich nichts mehr als die nackten Wände. Erst jetzt, als ich mich in dem hellen Zimmer wieder allein fand, überkam mich das Gefühl des Unheimlichen; ich stand auf und verschloß den angefangenen Brief in meinen Sekretär, ich konnte mich nicht überwinden, ihn zu Ende zu schreiben.

Einige Tage darauf erhielt ich von einem andern Kameraden die Nachricht, daß an jenem Vormittage der mit Getreide überlastete Boden oberhalb des Saales eingestürzt sei. Als man das Korn hinweggeräumt, hatte man unter demselben die Leiche des Hauptmanns von L. gefunden, der, da die Arbeiter zum Mittagessen fortgegangen waren, sich zur Zeit des Unfalls allein in dem schon fast vollendet umgestalteten Festlokale aufgehalten hatte.«

»Horatio sagt, es sei nur Einbildung!«

»Wer sprach da? – Du, Alexius? Endlich?«

»Ich habe schon zu Anfang eurer Geschichte hier an der Portiere gestanden und zugehört, wie ihr von den Träumenden auf den Sterbenden gekommen seid. Es bleibt nun noch eins übrig; und wenn ihr hören wollt, so werde ich mich nicht scheuen, diesen letzten Schritt zu tun. – Nein, bleibt nur ruhig sitzen! Es läßt sich auch von hier aus erzählen.«

»Ich habe diese seltsame Geschichte von einem nahen Verwandten, der sie zum Teil selbst erlebt, teils später aus nächster Quelle erfahren hat. Er hielt sich vor mehreren Jahren vorübergehend in B. auf, wo derzeit auch der in wissenschaftlichen und künstlerischen Kreisen bekannte Geheime Medizinalrat W. lebte. Eines Abends, da er in Gesellschaft mit demselben zusammentraf, geriet die Unterhaltung in Veranlassung eines soeben erschienenen Buches, »Über das Leben der Seele«, unmerklich in jene dunkle Region, wo wir so gern mit unsicherem Finger umhertasten. Man besprach die Fortexistenz der Seele nach dem Vergehen des Körpers und endlich auch die Möglichkeit einer Einwirkung der Toten auf die Lebendigen. Der alte Medizinalrat hatte bei dieser letzten Wendung des Gesprächs schweigend in seinem Lehnstuhl gesessen. Nun erhob er den weißgepuderten Kopf und sagte: »Meine verehrten Herrschaften, wenn dergleichen möglich wäre, so würde ich es ohne Zweifel an mir erfahren haben; ich will auch nicht leugnen, daß mir mitunter die Gedanken so gekommen sind; jedoch geschehen ist mir niemals etwas.« Auf näheres Andringen fuhr er dann fort: »Es ist kein Hehl dabei, ich kann es in diesem vertrauten Kreise wohl mitteilen, zumal Sie den, welchen es betrifft, gekannt und auch wohl wertgehalten haben. Ich meine unsern verstorbenen Freund, den Justizrat Z. Sie werden sich erinnern, daß er jahrelang an einem Herzleiden kränkelte, bis es endlich seinem tätigen Leben ein plötzliches Ziel setzte. Der Zustand des Kranken war derart, daß darüber die differentesten Meinungen bei den zu Rate gezogenen Ärzten herrschten. – Während der letzten Monate hatte ich mit diesem werten Freunde, der sich rücksichtlich des annahenden Todes keineswegs einer Täuschung hingab, vielfache Gespräche gepflogen, wie wir sie heute abend hier gehört haben; namentlich liebte er es, sich hypothetischen Grübeleien über einen notwendigen Zusammenhang des Körpers mit der Seele hinzugeben. Nur daraus vermag ich es zu erklären, daß der sonst so verständige Mann von einer fast unbegreiflichen Angst vor einer demnächstigen Sektion seiner Leiche heimgesucht wurde, welche er andererseits von der wissenschaftlichen Neugier meiner Herren Kollegen mit gutem Grund erwarten konnte.

So kam es eines Abends, daß ich, der ich ihn mit jeweiliger Zuziehung des Professors X. in den letzten Jahren behandelt hatte, ihm auf sein dringendes Verlangen das feierliche Versprechen gab, bei Eintritt des Todes die Eröffnung seiner Leiche unter jeder Bedingung zu verhindern. – Kurz ehe dieser erfolgte, mußte ich in Veranlassung einer amtlichen Kommission die Stadt verlassen, nachdem ich die Sorge für diesen wie für meine andern Kranken dem Professor X. übertragen hatte. – Ich kehrte erst nach mehrtägiger Abwesenheit in die Stadt zurück. Es war schon dunkel. Als ich an dem Hause des Justizrats Z. vorüberfuhr, sah ich mit Verwunderung, daß die beiden Wohnzimmer desselben hell erleuchtet waren; das fiel mir auf, denn die Fenster des Krankenzimmers lagen nach dem Hofe hinaus. Ich ließ den Kutscher halten und begab mich nun unmittelbar aus dem Wagen in das Haus. Bei meinem Eintritt in das erste Zimmer blinkten mir von seiner Kommode die Skalpelle und sonstige Gerätschaften entgegen; dabei der für einen Anatomen unverkennbare signifikante Geruch. Aus der angrenzenden Stube hörte ich die diktierende Stimme des Professors X.; ich brauchte nichts weitet zu erfahren, ich wußte alles, was geschehen war. – Als ich die zweite Tür öffnete, sah ich den Leichnam meines Freundes auf dem Tische liegen; er war schon eröffnet, die Intestina zum Teil herausgenommen, die Sektion in vollem Gange. Ich war heftig bewegt – und statt auf die gelehrten Auseinandersetzungen des Professors X. und des ihm assistierenden Arztes einzugehen, teilte ich ihnen meine dem Toten gegebene feierliche Zusage mit. Die Herren wollten dieselbe zwar nur als ein Beruhigungsmittel gelten lassen, wie solches dem Kranken wohl ohne weitere Absicht gegeben wird, indessen schließlich mußten sie mir dennoch versprechen, von weiterem Verfahren abzustehen und die herausgenommenen Teile in den Körper zurückzulegen. Ich verließ sie dann und fuhr nach meiner Wohnung; ermüdet von der Reise, voll Schmerz um den Tod des Freundes und belastet mit einer unheimlichen Trauer, daß ich ihm das gegebene Wort nun dennoch nicht hatte halten können. – Es ist nun fast ein Jahr vergangen, aber gleichwohl – ich bin niemals daran gemahnt worden.«

Der Medizinalrat schwieg, und es entstand eine augenblickliche Stille in der Gesellschaft, die wohl dem Andenken des Verstorbenen gelten mochte. Mit einem Male aber richteten sich die Blicke der Anwesenden wieder auf den Erzähler, der seinen Lehnstuhl verlassen hatte und mit vorgestreckten Händen in der Stellung eines Horchenden dastand. In dem faltenreichen alten Gesicht war der Ausdruck der höchsten Spannung, ja der Bestürzung nicht zu verkennen. Nach einer Weile hörte man ihn halblaut, wie zu sich selber, sagen: »Das ist entsetzlich!« Als hierauf der Herr des Hauses, einer seiner ältesten Freunde, ihn sanft bei der Hand ergriff, richtete er sich langsam auf und blickte in der Gesellschaft umher, als wolle er gewiß werden, wo er sich befinde. »Meine verehrten Herrschaften«, sagte er dann, »ich habe soeben etwas erfahren – was und woher, erlassen Sie mir, Ihnen mitzuteilen. Nur so viel mag ich sagen, daß meine vorhin geäußerten Ansichten dadurch im wesentlichen berichtigt werden dürften. – Zugleich muß ich bitten, mich für heute abend zu entlassen; ich habe einen notwendigen Gang zu tun.« – Der Medizinalrat nahm Hut und Stock und verließ die Gesellschaft. Als er draußen war, ging er quer über den Markt nach der Wohnung des Professors X., den er in seinem Studierzimmer antraf. Er redete ihn ohne weiteres an: »Sie erinnern sich noch des Justizrats, Herr Professor, und der von Ihnen geleiteten Sektion seiner Leiche?« – »Gewiß, Herr Medizinalrat.« – »Auch des mir bei dieser Gelegenheit gegebenen Versprechens?« – »Auch dessen.« – »Aber Sie haben mich getäuscht, Herr Kollege!« – »Ich verstehe Sie nicht, Herr Kollege.« – »Sie werden mich schon verstehen, wenn Sie mir nur erlauben wollen, dort einige Bücher in dem dritten Fach Ihres Repositoriums hinwegzuräumen!« – Und ehe der andre noch zu antworten vermochte, war der aufgeregte Greis schon herangetreten, und nachdem er mit zitternden Händen einige Bände beiseite gelegt, holte er aus der Ecke des Faches einen Glashafen hervor, in welchem sich ein Präparat in Spiritus befand. Es war ein ungewöhnlich großes menschliches Herz. – »Es ist das Herz meines Freundes«, sagte er, das Glas mit beiden Händen fassend; »ich weiß es, aber der Tote muß es wiederhaben; noch heute, diese Nacht noch!« – Der Professor wurde bestürzt; er war überzeugt, daß kein Mensch dem Medizinalrate seinen heimlichen Besitz verraten haben konnte. Aber er gestand demselben, daß in der Tat an jenem Abend das anatomische Gelüste über seine Gewissenhaftigkeit den Sieg davongetragen habe. – Das Herz des Toten wurde noch in derselben Nacht zu ihm in den Sarg gelegt.«

»Pfui! Wer befreit mich von diesem Schauder?«

»Schauder? Du sprichst ja wie ein moderner Literarhistoriker.«

»Ich? Weshalb?«

»Weil du in dem Grauen nur die Gänsehaut siehst.«

»Nun, und was wäre es denn anders?«

»Was es anders wäre? – – Wenn wir uns recht besinnen, so lebt doch die Menschenkreatur, jede für sich, in fürchterlicher Einsamkeit; ein verlorener Punkt in dem unermessenen und unverstandenen Raum. Wir vergessen es; aber mitunter dem Unbegreiflichen und Ungeheuren gegenüber befällt uns plötzlich das Gefühl davon; und das, dächte ich, wäre etwas von dem, was wir Grauen zu nennen pflegen.«

»Unsinn! Grauen ist, wenn einem nachts ein Eimer mit Gründlingen ins Bett geschüttet wird; das hab ich schon gewußt, als meine Schuhe noch drei Heller kosteten.«

»Hast recht, Klärchen! Oder wenn man abends vor Schlafengehen unter alle Betten und Kommoden leuchtet, und ich weiß eine, die das sehr eifrig ins Werk setzen wird. Es könnte sogar sehr bald geschehen, denn es ist spät, meine Herrschaften, Bürger-Bettzeit, wie ich fast in dieser auserwählten Gesellschaft gesagt hätte.«

Bd. 90 *Gefährliche Liebschaften*, Pierre-Ambroise-François Choderlos de Laclos, Bd. 91 *Gegen den Strich*, Joris-Karl Huysmany, Bd. 92 *Geschichte des Fräuleins von Sternheim*, Sophie v. La Roche, Bd. 93 *Geschichte vom braven Kasperl und dem Annerl*, Clemens Brentano, Bd. 94 *Geschichten aus dem Wienerwald*, Ödön v. Horváth, Bd. 95 *Glanz und Elend der Kurtisanen*, Honore de Balzac, Bd. 96 *Glück und Unglück der berühmten Moll Flanders*, Daniel Defoe, Bd. 97 *Götz von Berlichingen*, Johann Wolfgang v. Goethe, Bd. *98 Gullivers Reisen*, Jonathan Swift, Bd. *99 Heidis Lehr und Wanderjahre*, Johann Spyri, Bd. 100 *Heinrich von Ofterdingen*, Novalis, Bd. 101 *Hiob Roman eines einfachen Mannes*, Joseph Roth, Bd. *102 Immensee*, Theodor Storm, Bd. 103 *Iphigenie auf Tauris*, Johann Wolfgang v. Goethe, Bd. 104 *Italienische Märchen*, Clemens Brentano, Bd. 105 *Ivannhoe*, Walter Scott, Bd. 106 Jahrmarkt der Eitelkeiten, William Makepaece Thackeray, Bd. 107 *Jane Eyre*, Charlotte Brontë, Bd. 108 *Jugend ohne Gott*, Ödön v. Horvath, Bd. 109 *Jürg Jenatsch*, Conrad Ferdinand Meyer, Bd. 110 *Kabale und Liebe*, Friedrich v. Schiller, Bd. 111 *Kasimir und Karoline*, Ödön v. Horvath, Bd. 112 *Kinder- und Hausmärchen*, Gebrüder Grimm, Bd. 113 *Kleiner Mann, was nun*, Hans Fallada, Bd. 114 *König Alkohol*, Jack London, Bd. 115 *Krambambuli*, Marie Ebner-Eschenbach, Bd. 116 *Lausbubengeschichten*, Ludwig Thoma, Bd. 117 *Lavinia - Pauline - Kora*, George Sand, Bd. 118 *Leben und Lüge*, Detlev von Liliencron, Bd. 119 *Lebensansichten des Katers Murr*, ETA Hoffmann, Bd. 120 *Lenz. Der hessische Landbote*, Georg Büchner, Bd. 121 *Lieutenant Gustl*, Arthur Schnitzler, Bd. 122 *Lord Jim*, Joseph Conrad, Bd. 123 *Luise*, Johann Heinrich Voß, Bd. 124 *Madame Bovary*, Gustave Flaubert, Bd. 125 *Märchen*, Wilhelm Hauff, Bd. 126 *Maria Stuart*, Friedrich v. Schiller, Bd. 127 *Max Havelaar*, Multatuli, Bd. 128 *Meister Floh*, ETA Hoffmann, Bd. 129 *Michael Kohlhaas*, Heinrich v. Kleist, Bd. 130 *Minna von Barnhelm*, Gotthold Ephraim Lessing, Bd. 131 *Moby Dick*, Hermann Melville, Bd. 132 *Nathan, der Weise*, Gotthold Ephraim Lessing, Bd. 133-1 und 133-2 *Nils Holgersson wunderbare Reise*, Selma Lagerlöf, Bd. 134 *Niels Lyne*, Jens Peter Jacobsen, Bd. 135 *Nußknacker und Mausekönig*, ETA Hoffmann, Bd. 136 *Oliver Twist*, Charles Dickens, Bd. 137 *Onkel Toms Hütte*, Herriett Beecher Stowe, Bd. 138 *Peter Schlemihls wundersame Geschichte*, Adalbert v. Chamisso, Bd. 139 *Peterchens Mondfahrt*, Gerdt v. Bassewitz, Bd. 140 *Pinocchio*, Carlo Collodi, Bd. 141 *Reinecke Fuchs*, Johann Wolfgang v. Goethe, Bd. 142 *Rheinmärchen*, Clemens Brentano, Bd. 143 *Rinaldo Rinaldini*, Christian August Vulpius, Bd. 144 *Robinson Crusoe*; Daniel Defoe, Bd. 145 *Romeo und Julia*, William Shakespeare Bd. 146 *Schach von Wuthenow*, Theodor Fontane, Bd. 147 *Schachnovelle*, Stefan Zweig, Bd. 148 *Schatzkästlein des rheinischen Hausfreundes*, Johann Peter Hebel, Bd. 149 *Schelmuffskys Reisebeschreibung*, Christian Reuter, Bd. 150 *Schloss Gripsholm*, Kurt Tucholsky, Bd. 151 *Siebenkäs*, Jean Paul, Bd. 152 *Sternstunden der Menschheit*, Stefan Zweig, Bd. 153 Tao te king, Laotse, Bd. 154 *Till Eulenspiegel*, Hermann Bote, Bd. 155 *Tolldreiste Geschichten*, Honorè de Balzac, Bd. 156 *Tom Jones, Geschichte eines Findelkindes*, Henry Fielding, Bd. 157 *Tom Sawyers Abenteuer und Streiche*, Mark Twain, Bd. 158 *Troquato Tasso*, Johann Wolfgang v. Goethe, Bd. 159 *Traumnovelle*, Arthur Schnitzler, Bd. 160 *Trost der Philosophie*, Boethius, Bd. 161 *Über den Umgang mit Menschen*, Adolph Freiherr v. Knigge, Bd. 162 *Uli der Knecht*, Jeremias Gotthelf, Bd. 163 *Uli der Pächter*, Jeremias Gotthelf, Bd. 164 *Ungeduld des Herzens*, Stefan Zweig, Bd. 165 *Ut oler Welt*, Wilhelm Busch, Bd. 166 *Vater Goriot*, Honorè de Balzac, Bd. *167 Väter und Söhne*, Ivan Sergejeviç Turgenev, Bd. 168 *Verlorene Illusionen*, Honorè de Balzac, Bd. 169 *Von der Freiheit eines Christenmenschen*, Martin Luther – Bd. 170 *Von der Ursache, dem Prinzip und dem Einen*, Bruno Giordano, Bd. 171 *Vor Sonnenuntergang*, Gerhard Hauptmann, Bd. 172 *Walden oder Leben in den Wäldern*, Henry D. Thoreau, Bd. 173 *Wilhelm Meisters Lehrjahre*, Johann Wolfgang v. Goethe, Bd. 174 *Wilhelm Meisters Wanderjahre*, Johann Wolfgang v. Goethe, Bd. 175 *Wilhelm Tell*, Friedrich v. Schiller